海天译丛

夺命伞

Moi, les parapluies

François Barcelo

［加拿大］弗朗索瓦·巴瑟罗 / 著

肖林 / 译

海天出版社

·深圳·

图书在版编目（CIP）数据

夺命伞 ／（加）弗朗索瓦·巴瑟罗著 ；肖林著．——
深圳 ：海天出版社，2019.3
（海天译丛）
ISBN 978-7-5507-2592-8

Ⅰ．①夺… Ⅱ．①弗… ②肖… Ⅲ．①侦探小说-加
拿大-现代 Ⅳ．①I565.45

中国版本图书馆CIP数据核字(2018)第303246号

版权登记号 图字：19-2017-169号
Moi, les parapluies
par François Barcelo
© François Barcelo
根据Gallimard 1994版译出

Nous remercions le Conseil des arts du Canada
de son soutien pour cette traduction.

夺 命 伞
DUOMINGSAN

出 品 人　聂雄前
责 任 编 辑　林凌珠　李尧
责 任 校 对　陈少扬
责 任 技 编　梁立新
封 面 设 计　知行格致

出版发行　海天出版社
地　　址　深圳市彩田南路海天综合大厦（518033）
网　　址　www.htph.com.cn
订购电话　0755-83460239（邮购）　83460397（批发）
设计制作　深圳市龙瀚文化传播有限公司 0755-33133493
印　　刷　深圳市华信图文印务有限公司
开　　本　889mm×1194mm　1/32
印　　张　9.25
字　　数　150千
版　　次　2019年3月第1版
印　　次　2019年3月第1次
定　　价　42.00元

纪念1989年12月6日在蒙特利尔综合理工大学被一个男子杀害的十四名年轻女性。她们被杀，仅仅因为她们是女性。

第二本

（代译序）

我给成年人写了三十来本小说，至今还记得每本小说的灵感是从哪来的，只有一本例外：《夺命伞》。

这本书的灵感来自何方呢？

我浑然不知。写完第一页，我还不是很清楚接下来该怎么写。

但是很快，我自己的生活经历带动了后续情节。比如，叙述者的绰号矮子，人们往往用它来称呼身高与年龄不相符的矮个子。我就是这样的情况。

两个姐妹——城索莱尔和特拉西——很快就插进来成了故事的背景。我住在这两个城市附近，经常乘坐小说中提到的大型渡船横渡圣劳伦斯河。

小说中死了不少人，其中一人与扫雪车有关。那种扫雪车可以说是魁北克的专利：给卡车装上一个巨大的螺旋杆，用来清除马路上的积雪。我记得曾在一份报纸上读到，有个男人被这种扫雪车绞成了肉酱。我想找到这一事件的资料，但没找到。这难道是我自己想出来的？

小说中还有魁北克或加拿大其他地方的一些生活故事，比如"毁车赛"，那是当时流行的一种汽车赛，谁先撞毁竞赛对手高速行驶的汽车谁就获胜。

像小说叙述者的哥哥一样，我的第一部车就是迷你奥斯汀850。六十多年前，这种车价值850加元，是加拿大最便宜的汽车（我3个月内出了3次车祸，最后决定不要这种车了）。

有人也许会指责我说不该扯上"综合理工大学杀人案"。那个惨案可能是魁北克现代史上最恐怖的事件。1989年12月6日，一个年轻人枪杀了综合理工大学的十四个女学生，仅仅是因为仇视女性。当时，我正在墨西哥旅行，收音机里起初说杀人案发生在蒙特利尔大学，而我女儿瓦莱莉就在那里的艺术系上学。我担心极了，直到几个小时后弄清惨案发生在附近的综合理工大学，我才放下心来。当我想结束这本小说时，我忍不住想起了这一惨案。

《夺命伞》是被法国大出版社伽利玛著名的"黑色系列"接受的第二本魁北克小说。在这之前，我曾让一个朋友看过稿子，他是个侦探小说迷，他告诉我，这跟侦探小说完全不对路，于是我便在魁北克出版了。两年后，我把稿子寄给了伽利玛出版社，但没有告诉他们书已经在加拿大出版过。半年后，我得知他们准备放在"黑色系列"中出版。但我已经没有版权，于是让两家出版社直接联系，自己去谈。

知道"黑色系列"可能会对我感兴趣，我便赶紧另写一本小说，那本叫做《尸体》的小说后来成了在这一丛书中出版的第一本魁北克图书。

就这样，一年后，《夺命伞》才在"黑色系列"中出版，成了在这一丛书中出版的第二本魁北克小说。请相信它就是"老二"的命，因为这也是我在中国翻译出版的第二本书。不过，我们都知道，无论是在文学中还是在体育中，第二往往是最好的。

目 录

目 录

姑姑的雨伞

第一章

"矮子……！生日好啊生日好，矮子……！"

母亲装出一副被挨打女人的样子，尽管我不相信她曾挨过打。她不过是受不了我哥哥给我取的绰号罢了。如果是在平时，而不是在庆祝我生日的时候，她也许更加如此。但塞尔日年轻激动的声音一下子就盖过了她的声音。

更糟的是，当生日歌唱到调门最高的部分时，平时总是不声不响的父亲也加入进来，他在放弃沉默的同时，也放弃了我的真名：

"矮子……！生日好啊生日好，矮子……！"

母亲在桌底下踢了一下他的脚踝，因为他可怜巴巴地看了她一眼。我并不感到奇怪，因为我父母总是互相较劲，看谁更可怜。在巴齐内家，我很难判断谁该获得"最惨殉难者"这个头衔。

不管怎么说，我才不在乎别人叫我矮子还是诺尔芒，于是我说：

"我无所谓。"

而且，我的生日也不是今天，而是下星期五。我的爷爷奶奶病得很厉害，昨天，母亲暗示说："很有可能他们当中有一个这个星期会死，所以我们必须在这个星期天为小不点儿过生日，要不就要等很久以后了。"

我吹熄了蜡烛。我是一口气吹的。

"你许愿了吗？"塞尔日问。

"没有。"

"太晚了。"

"我无所谓。"

就在母亲准备切蛋糕的时候，电话铃响了。她曾告诉我，她要去食物店买个蛋糕，因为改了过生日的日期，所以她没有时间亲自做蛋糕。可去年也一样，蛋糕也是在店里买的。前年也是。总之，我很喜欢买来的蛋糕。它们比家里做的好吃吗？我想不起来我是否有过机会做比较。

是父亲接的电话。通常，接电话是我母亲的事，但住院的是他父母。所以，几天来，电话一响，总是他站起来去接。他不慌不忙，希望有人抢在他之前去接，但没有一个人动。

"一定是医院里打来的。"母亲预言道。

但她不敢猜是谁。她的公公婆婆分别住在两家不同的医院里，打电话来的肯定是人快要死的那家医院。

"喂！"

父亲默默地听了几秒钟。

"我们马上来。"

父亲挂上电话时，母亲用征询的目光看着他。

"是我母亲。他们说可能不行了。"

"还有多少时间？"

"他们只说没有多少时间了。"

妈妈深深地叹了一口气。

"感谢上帝！"

她好像是第一次这么说。在我们家，并没有太多的机会赞美上帝。哪怕是这次，我也不太明白为什么我们要感谢上帝。

"她住313号病房，"父亲说，"他们把她转送到那里去了。"

"你不会忘记吧？"母亲问我。

我不可能忘记。我是家中公认的"记事本"，有我在家，大家从不记录日期或电话号码，只要问我就可以了："你不会忘记吧？"而我总是记得。

就在我和哥哥穿上正装时，电话又响了。

"肯定是你兄弟。"母亲说，她总喜欢猜是谁打来的电话，而且准确率往往很高。

父亲又拿起了电话，他就在电话机旁边。

"谁？是吗？好。"

如果电话线那头的人能不厌其烦地听他低声地说"行""是吗？""好""嗯"等等，他可以说上几个小时。

"嗯。我下午去。"

　　他挂了电话，好像因为在电话里说了一句很长的话而精疲力竭。

　　"是索莱尔中心医院打来的。他也快不行了，他们不敢肯定他是否能拖到明天。"

　　母亲又叹息了一声，比刚才那声叹得还深，但没有再感谢上帝，也没有感谢圣父和圣子。

　　"他们好像是约好的。"

　　"我和塞尔日去索莱尔，"父亲做出决定，"你跟小不点儿去看老太太。"

　　我马上就冒出了眼泪。首先，我不想我们坐公共汽车去市中心，他们却开着家里的旧雪佛兰去索莱尔；第二，我不是很喜欢奶奶，她一天到晚抱怨我爷爷，尽管他们在我出生之前很多年就已经分居。爷爷却从来不说奶奶的坏话，他给我巧克力，或是给我钱让我自己去买巧克力——那都是过去的事了——目的是要我也别说她的坏话。有一次，他带我和塞尔日去钓鱼，最大的一条鳟鱼竟然是我钓到的，我为此赢了两毛五分钱，那是我的战利品。

　　"她最喜欢的是你。"父亲注意到我突然伤心起来，"对了，我想我得接你们回来。天好像要下雨了。"

　　我穿上我初领圣体时的衣服，一条短裤和一件双排扣上衣，都是斜纹哔叽布做的（是的，跟我哥哥的名字一样。这又是我讨厌塞尔日和这套衣服的另一个原因[1]）。这套

———————

[1] 在法语中，"斜纹哔叽布"（serge）与"塞尔日"的拼写是一样的。

衣服的质量太好了，三年后还可以穿，因为我的身体跟它相勾结，自从我吃了"小耶稣"的身体后，我就不再长了。

                ***

    父亲把我们放在蒙特利尔的中心医院门口——门边有座让娜·芒丝①的雕像，我是从基座上知道她的名字的。我们进了医院，母亲直奔服务台，问了我房间号码之后，说找313号病房。我们去搭电梯，一位先生，年龄挺大了，甚至比我还矮，拉开折叠式铁栅栏，让我们进去，然后拉动手柄，电梯上升了。我在想，我是不是也会被迫像这个电梯员一样谋生，因为我长得很矮小。我可不太想。那位先生喊道："四楼到了。"我们出了电梯，母亲又问了我一遍房间号码，打听了一下房间在哪里。我们沿着长长的走廊一直走到医院的一个侧翼，那里要新一些。终于到了313号病房。我们走了进去，里面一个人都没有，只有两张空空的大床，上面铺着白色的床单。

    "完了。"母亲说。

    她看起来并不怎么伤心，甚至是一点儿都不伤心。也确实，这毕竟不是她母亲。

---

① 让娜·芒丝（1606—1673），法国修女、护士，创办了加拿大蒙特利尔市立医院。

"你们找谁？"

一个戴白帽子的女护士突然出现在我们身后，警惕地看着我们，好像我们想偷床单似的。

"巴齐内夫人，她死了？"

"巴齐内夫人？"

"雷奥·巴齐内夫人。"

"哪个病房？"

"313。"

回答的是我。

"勒卢瓦耶楼还是德布里翁楼？"护士又问。

"我不知道。"母亲回答说。

"应该是在勒卢瓦耶楼，因为这里没有巴齐内夫人。"

"啊，是这样！"

我们离开，来到医院的另一个侧翼，这里比刚才的侧翼旧，但更漂亮，走廊也宽得多。我用眼角扫了一下，所有的病房里都只有一张病床。对我这个从来没有进过酒店的人来说，这里似乎更像是一家酒店，而不是医院。这里当然是一家面向富人的医院。在护士站对面的屋顶平台上，就有几个穿睡袍的女士，头发梳得漂漂亮亮，正在跟几个衣着笔挺的访客聊天。

终于到了313号房间，母亲推开半掩的门。

有个人躺在床上，鼻子里和手臂上都插着管子，发出

7

嘶哑的喘气声。我从来没有听到过垂死者的喘息声。我明白了，死就是这样的了。躺在床上的一定是我奶奶，尽管我认不出她来了。人快死的时候，可能都会变样。

角落里，有个人坐在椅子上。那是我的叔叔爱德蒙。他站起来，拥抱了一下我母亲。母亲随后走近病床，把我抱起来，想让奶奶看见我。我想，他们一定要我到这里来，是因为奶奶"有存款"，这是塞尔日的原话。他18岁了，比我更需要钱，需要得多。由于我比那个青春期的哥哥要乖，所以他们都指望我，希望奶奶能因为我的关系而对公证人悄悄地说几句关于她长子及其和睦小家庭的好话——如果还来得及。

奶奶看到我，不但没有叫她的公证人过来，甚至都没有睁开眼睛看我一眼。母亲就那样抱着我，把我举在那个正嘶哑地喘气的老太太的头顶，我很想对母亲喊："快让我下来！"

"怎么样？"母亲问。

"不是太好。"叔叔回答，尽管这个问题是问病人的。

"我把小孙子诺尔芒带来了。"母亲接着说，好像奶奶能听见我们说话似的。

最后，她只好把我放回到地上。我们默默地坐在右边的椅子上。母亲不喜欢爱德蒙叔叔，叔叔却亲切地对她笑着，握着她的手。妈妈把手抽回来擤鼻涕，或者是想把手抽回来才擤鼻涕。

我的两个姑姑也赶到了。她们是孪生姊妹，生活在一起。两个都是老姑娘，她们好像这样生活挺开心。我和叔叔再去找几把椅子，她们则把湿漉漉的雨伞放在病房的角落，紧挨着我母亲的雨伞。她的伞是干的，因为我们是坐车来的。

我们都坐下来，挤在门口和床之间。

"你上学吗？"爱德蒙叔叔问我。

我点点头，他每次问我这个小问题我都这样回答。三年来，他一直这样问。

"你一定是个子最小的。"他推测说。

"不，还有个侏儒。"

我并没有意识到这个回答很滑稽。

爱德蒙叔叔笑了——笑得很厉害，我觉得他仿佛笑了好几个小时。维维安娜和瓦朗蒂娜也笑了，尽管笑得没那么大声，也没那么长时间。母亲却一点儿都没笑。

"我不是最矮小的，还有一个侏儒。"这句话没说错！爱德蒙叔叔重复了好多遍。

母亲最后说：

"我觉得已经说够了！"

"别生气，丽丝。笑一笑我们还是有权利的嘛！"

别人不让他说话他不高兴了。为了表明这一点，他从口袋里掏出一小瓶深色的烈酒。

"来点吗，丽丝？你们呢，双胞胎？"

母亲甚至懒得理他，姑姑们也摆摆手拒绝了，觉得受到了冒犯。尽管如此，叔叔还是小心地揉了揉瓶口，把它擦干净，好像在他之前别人刚刚喝过一样。

"可怜的小东西，我差点儿忘了你。"他大声地说着，向我递过瓶子来。

母亲一把拦住。

"喝了会长高的。"叔叔硬是这样说。

但他丝毫不想遮掩自己的假惺惺。连我也不信，尽管为了长高哪怕一点点，什么难喝的东西我都愿意大口大口地喝。

叔叔喝了一口酒，然后盖上瓶盖，放回口袋，但马上又掏了出来，再喝一口，在吞下去之前，还在嘴里漱了漱，好像为了证明这是好酒，而不是止咳糖浆。

一个女护士走进来，我不得不站起身，因为我的椅子挡住了她的路。我走到床的另一边，给她腾出位置。女护士检查了一下奶奶身上所插的管子，按着病人的手腕，看着手表。

"怎么样？"双胞胎问，"还有多久？"

"医生马上会过来。"

"哦！"

女护士转身离开，叔叔的目光差点儿把她的衣服剥了，我则仍然待在床的那边，站在床与墙之间的狭窄空间

10

里。但我不愿回到另一边，坐到叔叔与姑姑们之间那张唯一空着的椅子上。奶奶的面孔离我的面孔很近，我历来都觉得看着很难受，况且她比以前更像个老巫婆。我觉得她呻吟得更轻了，也许是我开始习惯她嘶哑的呼吸声。

"管子！他把它拔了！"其中一个姑姑大叫起来。

"他是故意的！"另一个姑姑说。

"他碰都没有碰她。"母亲反驳道。

是我扯下来的吗？我怀疑，可以肯定的是，其中一条管子从我奶奶的鼻子里掉出来了。一股淡黄色的液体流出来，不是从她鼻子里就是从管子里，流到了她的嘴唇和下巴上。如果我碰了，那肯定是因为不小心。但如果别人问我是怎么回事，我会说那是它自己掉下来的，可没有人问我。

爱德蒙叔叔赶紧按了别在枕头上的呼叫按钮。那个女护士跑了过来。其中的一个姑姑——我不知道是瓦朗蒂娜还是维维安娜——尽管没有人问她，说：

"他不是故意的。"

她说的跟刚才相反。

护士恼怒地扫了我一眼，但只一会儿，因为我不像是能从垂死者的鼻子里拔出管子的人。我目不转睛地看着液体从奶奶的鼻子里流出来。我觉得气味很难闻。一种古怪的气味，像是我们家旁边小巷的阴沟口冒出来的那种气味，一种发酸的粪便，如果有这种粪便的话。也许奶奶把屎拉到被子里了。我不知道是因为这种气味还是因为她的呻吟声，抑或是因为看到她布满褐色斑点的衰老的发黄皮肤，我突然觉得想吐。我吐了。在汽车上，父亲曾对我说，如果想吐，要提前告诉他。他白叮嘱了，因为总是来得太突然，我根本没有时间喊"停"，一股东西就从我嘴里喷出来，吐在座椅的软垫上。

还是老样子，我来不及扭头，就吐在了奶奶的床单上，也有一点儿吐在了女护士的衣服上，她正忙着重插那条难弄的管子。

"你应该到厕所里去吐的。"叔叔低声地责备我。

"这是个意外，"母亲护着我说，"他的胃不好。"

"没什么，我来处理吧。"女护士说着就离开了，什么都不管了。

我现在才终于反应过来，用手捂住嘴，因为我觉得胃里有什么东西在酝酿，准备第二次喷发。我跑向厕所，母亲已经替我打开门。我扑到地上，想把奶奶难闻的气味、难看的样子和难听的声音从我的肚子和脑子里统统排出去。

"好点儿了吗？"母亲问我。

我一定是点了点头，因为我听见门在我身后关上了。我也同样，不会发出特别好听的声音和特别好闻的气味。我把头埋在抽水马桶里，那副样子应该不是很雅观。

我使劲地吐，分辨出了几小时前吃下去的东西：烤饼和一些熟土豆，还有一些小小的豌豆。它们在胃里待的时间不长，不是很难辨别。没有蛋糕——我们出发之前没来得及吃。我冲了好多次抽水马桶。每次我都想这回该结束了，胃里不会再有任何东西涌上来了，于是用卫生纸擦擦鼻子和嘴，可每次又接着吐起来，直到最后干呕。我又擦了擦嘴和鼻子，然后站起来，在洗手盆里洗了手和脸。好受多了。

我试着开门，但打不开。我扭着门把手，没有用。我又要吐了，于是又回到抽水马桶跟前。我真想死啊！我觉得自己已经死了，但是没有。由于没了要吐的东西，我的胃终于平静了下来。

我回到门前，这回，门终于被打开了。我来到病房里，里面一个人都没有。我知道为什么：我在仿大理石的地板上留下了好几摊呕吐物。如果不是我的胃已完全吐空，我又会把头埋在抽水马桶里的。等人回来打扫就是了。

这时，我才转过头来看着床铺。

当然，我奶奶还在那里，但她的嘴张得大大的，一把没有打开的雨伞像铁柱一样插在里面。那是其中一个姑姑的雨伞——黑色的，尖尖的伞柄是角质的。床上，她的脑袋旁边，有一摊血，刚刚开始滴到地板上。

我一动不动地站在那里，不知道该怎么办，也不知道该怎么想。我更想吐了，但没有任何东西可吐了。

后来发现我的是女清洁工。她拿着拖把，提着一桶水，准备清扫呕吐物。她大叫道：

"他杀了她！他杀了她！"

从那一刻起，我就知道我的生活将变得复杂起来。

***

事实上，我的生活并没有马上改变。总之，改变的方式不那么让人痛苦，因为人们突然开始注意我了，这让我感到很高兴。

我把我的故事讲给听到清洁工的叫声后赶来的母亲、叔叔、姑姑们、护士们听，然后又讲给一个修女听，接着是随后来的两个修女，之后还要讲给穿制服的警察听。讲了很多遍给一个便衣警察——中士探员克莱芒听，只有他觉得对孩子要有礼貌。他每次都不放过任何细节，但从不反驳我的话。他总是很诚实、很真诚，好像不知道为什么要撒谎。

中士探员克莱芒让我感到不那么害怕，甚至没有那对孪生姊妹那么可怕。他比我高大得多，但比其他人要矮——尤其是那些穿制服的警察。我觉得他似乎能理解我，总之，他是第一个给我口香糖，让我消除异味的人。

后来他们就让我们回家了。爱德蒙叔叔开车一直把我们送到家门口，母亲不让他跟我们上楼到家里。双胞胎姑姑坐在我叔叔的福特汽车后排，挨着我，她们还在争吵，想知道那个杀人武器是谁的。她们猜到自己同样也会遭到母亲的拒绝，所以根本就没有提出来要上去坐坐。

＊＊＊

那天晚上，父亲从索莱尔回来时，我最后一次把事情讲给他还有塞尔日听。父亲太厉害了，他对我说：

"如果你要讲给警察听，不要讲得那么快，好像是背下来的似的。"

"我已经对他们说了。"

他没有反应。我第一次心想，他们可能真的怀疑我杀死了我奶奶。

"你那里怎么样？"这时，母亲问，"你父亲还好吗？"

"今晚应该过得去，但时间不会长了。"

"谢天谢地！"

显然，我很难理解母亲今天为什么感谢上帝，更不赞成她的态度。

＊＊＊

爷爷没能活到第二天。凌晨3点，电话响了，是索莱尔的医院打来的。爷爷刚刚去世。父亲马上赶了过去。

＊＊＊

"你们就跟他说，我去过索莱尔，查明他昨天并不在现场。"

这天早上，中士探员克莱芒来到我们家，想跟父亲谈谈。妈妈告诉他，父亲去索莱尔忙我爷爷殡葬的事了。

"你怎么样？"

"不错。"

他不年轻了，但也不那么老。总之，比我父母年轻。在我看来，他还是挺和气的。不仅仅是因为作为成年人他身材有些矮小，也因为我们第二次见面他就用"你"来称呼我——之前和之后都没有人这样做。我不喜欢我不认识的人用"你"来称呼我，也不喜欢别人总是用"您"来称呼我。他好像猜到了似的。

接着，他对塞尔日说：

"把你的驾照拿出来给我看看。"

"我没有驾照。"

"他不会开车。"母亲解释。

***

这是我第一次去公证人的办公室。墙上挂着一些毕业证书，我视力好，但看不懂，因为那是用拉丁文写的。我只知道公证人叫埃美·图西尼昂，这个名字没有翻译成拉丁文。一个人有那么多文凭，这让我感到很吃惊。如果要读那么多书，我就不当公证人了，我更愿意从事一张文凭就可以搞定的职业，比如说理发师。

由于爷爷和奶奶各自的公证人是同学，他们便决定同时召集我们：爱德蒙、双胞胎姑姑、我父亲、我母亲、我哥哥和我。只有奶奶的公证人要求两个孙子到场。

"这表明她把我们写进了遗嘱。"塞尔日已经在垂涎她的百万巨款了。

奶奶的父亲是一个建筑包工头，赚了很多钱，留了一半给她，这比当邮递员的爷爷攒了一辈子的积蓄还多。

奶奶的公证人没有讲太多：

"鉴于巴齐内夫人先行去世，她的遗嘱归纳起来只有一句话，如果她比他先走，她将把自己所拥有的一切都留给她丈夫。"

"这是鬼话！"爱德蒙叔叔大叫起来，"她跟他吵了一辈子，怎么会把所有的钱都留给他？"

只有我觉得很有趣。母亲用肘部碰了我一下，让我不要笑。接着，另一个公证人开口了：

"巴齐内先生也有一个相似的条款，但没有作用，因为他死得比他夫人晚。所以，他的所有财产将留给他的两个儿子和两个女儿，另外给他的两个孙子每人50加元。"

哥哥一副哭相：只有50加元！我却很高兴。我口袋里从来没有多于1加元。50加元，我觉得自己简直就是百万富翁。

中士探员克莱芒也在现场。昨天，他终于在家里堵住了我父亲，问父亲要遗嘱。父亲说没有，但他可以跟我们一起到公证人办公室来。

他安静地坐在办公室的角落里，但由于谁都不敢开口，他便问了一个大家都想问的问题：

"能分到多少钱？"

第一个公证人回答说：

"巴齐内夫人有77万多加元的财产。"

"巴齐内先生吗？"另一个公证人说，"他在妻子死之前自己只有七八万加元。他在僧侣道的小屋大概值2万加元。"

"加起来，"第一个公证人也说，"差不多80万加元。当然，还要减去公证费。"

中士探员克莱芒想了一会儿，然后问：

"如果巴齐内先生先死，事情会怎么样？"

"这不会改变什么，因为巴齐内夫人把她的财产平均分给了她的四个孩子。"

"啊！"

"不，我忘了有个小小的区别：孙辈每人会得到1万加元。"

我一直用眼角瞄我哥哥。见他得知他失去了9950加元，我高兴了一会儿，因为我觉得对我来说，50加元已经足够了。但塞尔日显然不同意我的观点，气得满脸通红。

"这么说，如果我没理解错的话，"中士探员克莱芒接着说，"谁先死都不会有任何区别。当然，除了对孙辈。"

"是这样，还有一个区别：在巴齐内夫人的遗嘱中，孙子到了21周岁之后才能拿到遗产。而巴齐内先生的遗嘱则规定，手续一完成他们就可以拿到遗产。"

"但他们将得到50加元，而不是1万加元？"

"没错。"

"很遗憾，"探员说，"我开始有点儿明白了。"

我觉得，他说这话时看着我。我不知道自己有什么反应，但很有可能我看起来有点儿罪恶感。总之，如果不是我的爷爷奶奶都死了，我不会马上就能得到50加元。

***

离开公证人的办公室后，爱德蒙叔叔请大家去旁边的饭店吃饭。父亲拒绝了：

"我不是很想去。"

在雪佛兰车子里，塞尔日说：

"这不公平！"

父亲马上反驳说：

"孩子们，我会给你们每人1万加元。"

"马上？"塞尔日问。

"这样吧……等你们到了18岁。"

哥哥脸上的笑容消失了，我想我也没笑。我宁可现在就有50加元，也不愿意到了18岁才有1万加元。如果现在就有50加元，我起码可以买一大袋弹子和堆得像山一样高的糖果。

***

楼下，在柱廊里，有一张报纸。其实并没有一张，只有一页。我刚看了个标题，母亲就喊了：

"你有邮件？"

"没有。"

真的，除了被我一折为四的那页报纸，没别的信件。我把那页报纸塞到口袋里。

那些所谓的法制类报纸谈论我奶奶的谋杀案已不是第一次。她曾是建筑界巴齐内家族的一员，现在死了，这让她出了名。上个星期，一份报纸说，警方怀疑一些工会活跃分子想在医院里建工会；再上个星期，人们在寻找一个可能谋杀了我奶奶的疯子，因为同一个星期，一个流浪汉在中心医院被杀；另一份报纸甚至说，弄错人了，一位部长卷入一些可疑事件，我奶奶死的那天，部长太太在另一家医院住院，但病房恰好是313号。

通常，我会把这类报纸交给母亲，她会贪婪地阅读，心想哪个邻居这么好心，给我们送报纸，而且老是匿名。今天上午，我没有把报纸交出来。我上楼去了厕所，重新阅读了标题：

"雨伞谋杀案：巴齐内家族被怀疑。"

我从文章中没有得到任何信息，上面只说，警方调查了所有的线索之后，似乎认为只有一个家族成员有可能是杀人犯，但没有说是谁，也没有说为什么。

"你拉完了吗？"

是我母亲。今天上午，我们搬家。我把报纸上的那篇文章撕得粉碎，然后扔到抽水马桶里冲掉了。

"拉完了。"

***

"他们到了。"

我负责待在新家门口，看卡车什么时候到。这是我们第一次雇佣专业的搬家公司。上次搬到塔永路时，父亲跟哥哥把活儿全包了。今天真是巨大的享受，连母亲都觉得太奢侈了。父亲同意把衣服塞到雪佛兰的后备箱里，这太对了。这么说，这是最后一次搬家了。

他所继承的那部分遗产使他实现了自己最大的梦想：他在特拉西买了一家全新的雪佛兰-奥兹莫比尔[①]-凯迪拉克的经销店。他本来想开在自己曾在那里度过一段童年时光的索莱尔，但那里已经有一家汽车经销店了，他只好选索莱尔对面、黎塞留河对岸的特拉西。黎塞留河就是在特拉西注入圣劳伦斯河的。总之，在青春汽车商贸中心卖二手车，这不算糟。去做就是了。他也实现了我母亲的美梦：一座属于我们的独立屋。屋子也在特拉西，位于圣罗什路，对面差不多都是高尔夫球场。这是一栋普通的屋子，但房间够多，我和塞尔日终于有了自己的房间。我们还有一个洗衣房，里面的自动化洗衣设备代替了原先老旧的滚筒式洗衣机。

"别动手，让他们搬，我们付了钱的。"父亲对母亲

---

① 美国奥兹莫比尔公司生产的汽车。该公司1897年由美国汽车业开创者之一兰索姆·奥兹创办，1908年并入通用公司。

说。母亲正忙着帮助搬运工把她的五斗橱从车上搬下来。

他把我们带到屋后。那里有一条河，几棵稀疏的树从建筑工人手中死里逃生。填土工作还没有完成，四周还有些剩余的建筑材料。父亲笑得很开心，好像我们从此以后将住在宫殿里。母亲说：

"要是你母亲能看到我们这样那该多好！"

***

"那又怎么样？"

开学了，塞尔日开着他全新的奥斯汀迷你库珀到我的新学校门口来接我。父亲曾对他说，可以用出厂价替他拿到任何型号的雪佛兰、奥兹莫比尔或凯迪拉克，但我哥哥宁可要奥斯汀迷你库珀，因为周围只有他有一辆，很少人会花这么多钱买这么小的车。而且，它拥有一个无可替代的"零配件"：气我父亲。我则第一次觉得坐在一辆为我哥哥的弟弟量身打造的车上。

"这是一所好学校。"

塞尔日看着我。他不高兴，因为我没有回答他的问题。我想继续假装不知道，但觉得他在圣罗什的路上开得有点儿快，希望他能看着前面的路。

"有三个女孩比我矮，还有一个男孩也是。"

"不是侏儒吧？"

"我想不是吧。"

"我知道是！"

他稍稍使劲地踩了踩油门，这是想告诉大家，他是世界上最幸福的人。他有驾照，有一辆奥斯汀迷你库珀，银行里有存款，有份兼职的技师工作，老板就是他父亲，对他不太严厉。最让人高兴的是，在他弟弟上学的学校里，有个男孩比他弟弟矮，而且还不是侏儒。

"我们兜个圈转转。"

我们径直经过家门，继续向圣罗什开去。河边的房子其实都是度假木屋，并不是真正的住房。树林里窜出一只狍子，扭头看着我们，然后很快跑进树丛中藏了起来。

"看见了吗，矮子？这里甚至还有狍子！"

***

母亲在清理搬家时匆匆捆扎的衣物，准备把我初领圣体时穿的旧衣服扔掉。但扔掉之前，她仍这样对我说：

"来，最后再穿一次，我想知道它是不是还合你的身。"

我拒绝了，她也就没有坚持。

"不管怎样，我相信它已经不适合你穿。不过，好料子毕竟是好料子。"

奶奶的蛋糕

第二章

　　明天，5月24日，是爱国节。第一个假日就像是夏天。学校和巴齐内–雪佛兰–奥兹莫比尔–凯迪拉克店关门休息。由于美国边界那边的电影院不对孩子们开放，塞尔日便带我去普拉茨堡①看露天电影，路上甚至用不了两个小时。有部电影讲的是汽车赛，发生了很多事情。电影是英语的，但我基本上看懂了，有时连演员讲话也听懂了。

　　中场休息时，有个男人端着一个纸托盘，上面放着汽水和薯条，弯腰对我们说：

　　"一辆奥斯汀！而且还是库珀！50加元钱就能买到这些，真是不可思议啊！"

　　我认出他来了，是克莱芒探员。

　　"父亲给了我1万块。"塞尔日解释道。

　　"我觉得也是。这样，你就有了驾照？"

　　塞尔日拿出钱包，警察把托盘放在汽车的前盖上，拿起塞尔日的驾照，举到头顶，把它转到银幕那边，想借光

---

① 美国纽约州的一个城市。

看个清楚。

"你是秋天的时候拿到的？"

"是的。"

他把驾照还给塞尔日，重新拿起自己的托盘，然后又弯腰轻轻地对他说了几句话，好像不想让我听到似的，但声音还是大得让我听清了：

"其实啊，要不是你弟弟还不到7岁，我会以为是他干的。"

而我受自尊心的驱使，大声地喊起来：

"我下个星期就11岁了。"

克莱芒探员张大嘴巴，半天合不拢，然后才说：

"是吗？"

然后，他向银幕的方向走去，在一辆旧迪索托旁边停住，里面有只手推开车门。他把托盘递给那只看不见的手，然后上了车。不一会儿，我看见两个跟我差不多大的男孩像鬼影一样在汽车后座伸长脑袋，朝我们这个方向看。

"妈的，你真笨，矮子。"我哥哥骂道。

他骂得对，因为我此刻真的太笨了，怎么也猜不到我怎么会这样的。

***

我躺在自己房间的床上。我患了肠胃流感。有人敲门。母亲会去开的。我听出了克莱芒探员的声音。他专门找了一个上学的时间来跟我母亲谈事。我听到了他们开头的谈话。

"您的儿子，最小的那个，他快11岁了？"

"是的。后天就是。"

"您去年为什么对我说他刚满7岁？"

"我？我从来没有说过。"

"那可能是我弄错了。您看，我在笔记本上写着7岁。"

"等等，我去把门关上。他今天病了，没有上学。"

***

这天上午，克莱芒探员又来了，带来一个速记员。那是一个又高又瘦的女人，戴着白框眼镜，手里拿着笔记本，在兼作饭厅的客厅角落里坐下。克莱芒探员问我问题，我父母都在场，一言不发。我把同一个故事又讲了一遍，一点儿都没有讲错，因为我讲了那么多遍，一年后本来可能会忘记的细节仍深深地刻在我的脑海里。我仍能看见自己在厕所里呕吐，有点儿像是在电视上或在露天电影的大银幕上。如果他们问我抽水马桶里漂浮着多少颗小豆子，我都讲得出来。

"很好。"克莱芒探员说，"你的记性很好。可是，你喜欢你奶奶吗？"

我寻找着母亲的目光，她避开了。

"不是很喜欢。"

我知道我可以撒谎，但我一直知道自己不善于撒谎，说起谎来一定会露马脚，妈妈或塞尔日——也许还有克莱芒探员——准能猜到我没有说实话。那还不如老实承认我不是太喜欢奶奶。这又不是什么罪。

"为什么？"

克莱芒探员的声音和目光都很温柔，一点儿都不狡猾。总之，他既不狡猾也不坏。我便讲了一些事情。有一年三王来朝节，我和塞尔日被迫去看望奶奶。在她搬到圣劳伦斯木屋的一个房间里之前。当时她在恩宠院区有套公寓，住所里很阴暗，里面的东西又旧又难看。我记得最清楚的是那个挂钟，每15分钟响一次，每当人们没有话说的时候它也会响。母亲曾信誓旦旦地对我们说，老太太肯定会给我们钱，因为她有很多钱。我要两毛五分就够了。奶奶跟我们说了很长时间她的病，又数落了一大通她丈夫的种种不是，最后终于给我们拿来两个银盘，上面放着两块小蛋糕。

"其中一块有颗蚕豆，谁吃到谁将赢得一个礼物。"

我已经看见那颗蚕豆，或者说，看到了把蚕豆塞进蛋糕时留下的痕迹。塞尔日已经伸出手，他后来怎么也不想承认，但我敢肯定他也看见了那个洞。

但他还是吃了一口蛋糕之后才大叫起来：

"我吃到蚕豆了！"

他把蚕豆吐在碟子里，奶奶把脸凑过去，想肯定这确实是一颗蚕豆而不是别的什么东西，比如说面粉疙瘩。然后，她站起身，走到一个老式大箱子跟前，拿出一个信封，递给塞尔日。

里面并没有我哥哥期望的钞票，只有两张戏票。

"这是法兰西剧院演出的戏票。"奶奶说，"下星期，他们会来圣德尼戏院演出，如果我选的时间不适合你，你可以把它们换成别的东西。"

塞尔日把票转卖掉，钱自己留下了。

"蚕豆是我吃到的。"他对我解释，"差点儿蹦掉我的牙齿。"

讲完这个故事，我就没有再说话。克莱芒探员看着我，目光中充满了信任。也许他很难相信我杀死我奶奶，只因为她太笨，没有从蛋糕的下面而是从旁边塞进蚕豆。

我却认为我又失去了一个保持沉默的好机会。

***

我坐在门前的台阶上。刚才，我买了棒球卡和口香糖。

我不喜欢这味道，它让我想起了香水。我只是想吹泡泡，塞尔日能把泡泡吹得很大，炸裂的时候，有时会弄得他满脸都是。我最多只能吹个小泡泡，刚刚成形就在嘴唇上爆裂了。塞尔日把它叫作"矮子放屁"。

我对棒球卡也不是太感兴趣。我有时跟塞尔日一起在电视上看棒球赛，也会跟周围的孩子们玩一玩。个子最大的两个，也是球打得最好的，先后把一只手放在一根棍子上，谁放得高谁先选择队员。我总是最后一个被选。有时，所有的人都已经被分配到两支队伍中，才想起来落下了我。在那种情况下，我便随便选队了。这无足轻重，因为不管怎样，他们都会把我打发到赛场角落，那里几乎不会来球。万一有球朝我这个方向飞来，便会有一个大个子使尽全身力气跑来抢我的球，因为我很有可能接不到球。轮到我击球的时候，假如当时比分很接近，我的队友们会假装忘了我。我呢，也假装没看见。

于是，我今天便在那里一边吹泡泡，一边把我收集到的卡片按字母顺序排列。别的人是按照球队排列的，有的人甚至按球员平均得分来排列。我嘛，对自己所收集的球员好坏并不在意，所以觉得按字母排列更好。

一辆黑色的凯迪拉克停在了车库门口。我知道车尾有一块巴齐内-雪佛兰-奥兹莫比尔-凯迪拉克的牌子，甚至都没必要去核实。肯定是我的律师的凯迪拉克，他下午会来，所以我必须待在家里等他。为了让他对我的案件感兴趣，父亲给他打了很大的折扣。

他叫贝纳尔·雷诺，据我父亲说，他是索莱尔最好的律师，当地的许多罪犯仍逍遥法外，全都是他的功劳。

"你就是诺尔芒？"

"是的。"

"我叫贝纳尔。"

我们走进客厅。母亲已经泡了咖啡，给律师端来一杯。

"可以让我们单独谈谈吗？"

母亲走了出去。

"把一切都告诉我，原原本本。"

于是我又重新讲述我的故事，讲了没一会儿，就被他打断了。

"把它给我。"

我刚刚歇了一会儿，用口香糖吹了一个小小的泡泡，嘭的一声吹破了。律师很不喜欢。我把那团口香糖递给了他，他把它扔到烟灰缸里，他已经在那里捻灭第三支烟了。我的那团口香糖几乎还没嚼。

于是，我匆匆地讲完我的故事，在这期间，他又抽了一支烟。他没有再打断我，我讲完后，他喊了一声：

"巴齐内太太！"

妈妈跑了过来。

"我不会让他去做证的。"

"啊，是吗？"

"我的直觉永远不会错。"

他用食指点着我的鼻子，香烟在越过烟灰缸上方时，又掉了一些灰色的烟灰在我的口香糖上。

"不管怎么说，我会让他脱身的。比这更糟的我都救过。"

***

我上了蒙特利尔的少年法庭。许多人——我叔叔爱德蒙、两个女护士、女清洁工，还有到中心医院探访其他病人的来访者——来证明我在厕所呕吐的时候，他们没有看见任何人进过我奶奶的病房。我的双胞胎姑姑发誓，我这么一个老实的小男孩，不可能干那种事。当法官问她们其他什么人可能做那种事时，她们哑了。

克莱芒探员也在那儿。他在伞柄上没有找到指纹。我告诉他，那天，我口袋里有手套（我初领圣体时的手套一直放在口袋里，虽然我从来不戴；它好像已经成了我服装的一部分。所以妈妈让我留着它，以防万一）。

当法官要他坐下去时，探员笑着看了我一眼，安慰我。总之，我觉得那种笑似乎是在说："别害怕，我刚刚跟法官说的话丝毫不会影响唯一重要的事情：你没有杀死你奶奶。"

接着，一个医生或者是类似医生的男人讲述道（仅仅是为了好玩），他拿他的一个儿子做了试验，他儿子尽管才8岁，但体重和身高都跟我一样，可以把跟我姑姑相似的雨伞插进一头牛的喉咙里，结果跟巴齐内夫人受害的情况差不多。

随后便轮到心理医生了。我已经跟她说过两次，在我们家的客厅里。她也跟律师一样，要求我父母回避一下，她要跟我单独谈谈。她几乎跟电视上或露天电影里的女人一样漂亮。我把一切都告诉了她，毫无保留，包括蛋糕里的豌豆。第二次，她一定要我帮助她，让她能帮我。这可不容易，因为我不知道她那么想知道什么。于是，我跟她说起了我初领圣体的服装，我穿了三年，它甚至是我从春天到秋天去教堂做礼拜时穿的衣服。我很讨厌它，因为它让我想起自己总是长不高。我把自己长不高的原因归罪于我领了圣体，因为同时发生了两件事情——领圣体和停止长高，以至于我以后不再吃圣饼。当我回到长凳上的时候，我低着头假装祈祷，悄悄地把圣饼吐在手中，然后塞到口袋里。有一次，做完弥撒后我忘了把它拿出来。第二个星期天，妈妈给我刷衣服时发现了。我对她说，那是口香糖，因为咬过一点儿的圣饼干了以后很像口香糖。还有一次，当我问妈妈我是否不能再有新衣服时，她对我说："等以后老太太给我们一点儿钱，我就给你买件新的。一件漂亮的，除这一件之外。"她说的老太太就是我奶奶。

心理医生把这些都讲给了法官听，她还说了很多我从来没有说过的事情。她说，这个孩子因为个子矮而心里烦躁；因为我奶奶有钱却一点儿都不帮我们而有所反叛——我奶奶不但不为我做什么，也不为我母亲、我父亲、我爱的所有人做任何事情。而且，看到我奶奶在医院里奄奄一息的样子，我恶心得竟然要呕吐。也许是仇恨、怜悯和对死亡的恐惧，这种种东西加起来迫使我缩短了她的寿命。我是个冷酷无情的罪犯，在她看来，在司法机构里待一段时间有助于我回归正道。况且，我的家庭气氛对一个问题少年的成长不怎么有利。

心理医生陈述时，法官用眼角审视着我。我很喜欢他的长相，一张脸又红又圆，浓黑的小胡子，深陷的眼睛好像永远在他的角架眼镜后面笑。贝纳尔·雷诺曾告诉我，法官将穿着一件长袍。但天很热，所以他穿着一件长袖衬衣，就像假日里的一位好父亲。

我没有逃避他的目光，心想，我喜欢有他这样的父亲，别人开玩笑他会乐得哈哈大笑，他说话滔滔不绝，手舞足蹈。我用眼角扫了父亲一眼，他沉默不语，脸色灰白，浓浓的眉毛下面目光躲躲闪闪。

"在你看来，他在杀死奶奶的时候知道自己在干什么吗？"法官问道，依然脸带笑容。

"知道，我想我可以说他知道。"心理医生回答说。

说完她就离开了。法官第一次跟我说话。

"我的小诺尔芒……"他是这样开头的。

一个脸色如此温柔的男人会伤害一个他叫作"我的小诺尔芒"的男孩吗？肯定不会。

"我的小诺尔芒，你的律师向你解释过法律吗？"

我点点头，免得惹律师生气，其实他根本就没有向我解释过。

"法律很简单：根据刑法，7到14岁的孩子如果知道自己行为的性质和后果，是可以被定罪的。他应该能判断自己做的事情是不对的。你明白吗？"

我还是点点头。

"你是否知道，杀死奶奶——或其他没有想伤害你的人是不好的？"

我犹豫不决。当然，我知道杀人不好，可我应该怎么回答呢？

"老实回答。"法官说。

由于他紧逼不舍，我便回答说：

"是的，我知道。"

　　他叹了一口气，摘下眼镜，然后又重新戴上。他很为难，这看得出来。幸亏我不是他。现在，轮到他看着天花板，躲避我的目光了。我抬起头。有只苍蝇低着头，在我的鼻子上面走。现在，法官是对着它说话：

　　"我当法官以来，从来没有给12岁以下的孩子判过刑。"

　　太巧了，我才11岁。如果是按奶奶死的时候来计算，我才10岁。我得救了。

　　"可是今天，我别无选择。况且，一家法制类报纸违反禁令，发表了细节，让人知道被告是特拉西通用汽车公司一个经销商的小儿子。我想，在特拉西没有很多通用公司的经销商吧？"

　　他用目光征询了一下我父亲。父亲竖起一个指头，表示自己确实是通用公司在特拉西唯一的经销商。

　　"所以，为了保护他，也为了保护这个社会，我把诺尔芒·巴齐内交给一个司法机构来看管。在那里，他可以得到他的家庭不能给他的监护。不过，他不用一直待到成年，一到18岁，如果他表现出能够重新融入这个社会，他便可以出来。"

　　苍蝇飞走了，从窗口逃了出去。我低下头，看着我刚才准备接受当我养父的这个人。他还是那么亲切地对我笑着。我扭头看着母亲，她低着头在哭。父亲呢，毫无反应。塞尔日咬着自己的指甲。我的律师其实一整天都没有说话，他朝我弯下腰，在我耳边悄悄地说：

"到了少年法庭，天知道会发生什么事情。"

他一副遗憾的样子，好像遭到了很不公正的对待。为了安慰他，我说：

"我无所谓。"

法官站起来。我父亲也跟着站起来，在安静的小审判庭里大声地说：

"谢谢，法官先生。"

母亲的手帕

如果我听话，他们会让我在满18岁的时候出来，否则，那个像是修士头目①的人对我说，我将被转到成人监狱。到了那里，我就知道我在这里有多幸运了。我不知道他这样说是想吓我还是真的。接着，他命令我到操场去，跟其他人待在一起。操场的两边是褐色的大楼，另外两边是高高的大门，围着铁丝网。

我躲在一个没有人的角落里，不想跟任何人说话，好像也没有人对我感兴趣。我听到有人在叫喊，我转过身，五十来个男孩在操场中心围成了一圈。

我无法一个人待着，我太好奇了，于是走了过去。大家分开了，想让我能够看清。

两个男孩在打架，凶野得很。他们拳打脚踢，我从来没有看见谁这样打架。其中一个更高、更胖，也更有力；而另一个则在使花招，躲避和出拳的技术好像更好。

"他们为什么打架？"

_____

① 当时的儿童教养所由教会学校的修士管理，他们穿黑袍，不时会侵犯儿童。

我问最靠近我的人，他笑了。

"他问为什么打架。"他对我周围的人说，大家也都笑了起来。

笑声没有持续多久，因为搏斗要结束了，大家的注意力都被吸引了过去。高大肥胖的那个占上风，把对手摔倒在地，骑在他身上，用全身的重量压他。

"说'输了'。"

对方投降了。大胖子站起来，笑着向我转过身，用一只袖子擦去从鼻子里流出来的一道血。

然后，他的表情完全变了，从要得到报偿的胜利者的笑容变成了战利品被偷的冠军的无奈。他越过我的头，看着我的身后。一只手按在我的肩膀上。

"跟我来。"一个温柔而坚定的声音说。

我认出了管理我们的修士的黑衣袖。我的脖子感到有点儿小小的压力，不由自主地转了半个圈，乖乖地跟他走。

"这不公平！"有人在我身后大声叫道。

＊＊＊

他叫吉·加马什，是身材最高大、最胖的囚犯，而我是最矮小的。后来，当天下午我回到操场时，他来到我身边，问：

"你是因为什么进来的？"

"我杀死了奶奶。"

我并不想撒谎，我想他只是想问我被控什么罪。我想改口，想解释这并不完全是我想说的意思。但吉·加马什十分敬佩地看了我一眼，让我怎么也不想装无辜了。

***

我服从了，并不很清楚为什么，但感到胸中和腹部奇怪地激动起来。我还没来得及打开水龙头，背后的门就开了。是吉·加马什，他扣上门后的小钩，脱掉睡袍。我们赤裸裸地面对面站着，他向我走近一步，跪了下来。我低着头。他的小鸡鸡对着我的小鸡鸡翘了起来，两个小鸡鸡碰到了一起。我的小鸡鸡软耷耷的。

很快，他就站了起来。我也得有所动作。

"我想我要吐了。"

我不确定，但很有可能。今天下午，当于连修士摸我的脖子和大腿时，当他解开他大衣下方的扣子和裤子前裆的扣子，露出他的那玩意儿时，我就吐了。我见过塞尔日赤身裸体的样子，但从来没有见过成年人毛那么密、那么大、那么丑的玩意儿。我吐了他一身，地毯也满是我的呕吐物，难闻极了。他打了我两个耳光，让我站在门口，命令我不准跟任何人说。

那天晚上，跟吉·加马什，我不那么肯定会把晚餐吐出来。如果我觉得要吐，那就已经吐了。尽管如此，我还是一手捂着嘴。难道这仅仅是为了看起来像一点儿？

他犹豫片刻。他是不是会说，在淋浴时吐出来情况没那么严重，因为水会自动冲掉呕吐物？不，他有更好的主意……

"如果你愿意的话，"他轻声地说，"你可以花钱买我的保护。每星期两块钱。那就谁都不敢再碰你了。"

他站起来，拧开水龙头。

"除了修士。修士，我可无法阻止他们。"他补充说。

"我无所谓。"

其实，对于那些修士，如果我重复对付于连的诀窍，我会有比吉·加马什的保护更好的武器。

热水流在我们身上。我笑了，吉·加马什也笑了。

***

"我需要钱。"

母亲的眼睛里出现了希望的光芒。她给我带来了橙子和樱桃巧克力，起码问了我三次是不是需要什么东西。我一直回答不需要。现在，我说我要钱。我想，她由此得出结论，我变好了。这正是我所希望的。

"多少？"

"2加元……"

母亲不喜欢人家说"块"，觉得太土。她打开钱包。

"……每个星期？"

她递给我2加元纸币，眉头皱都不皱一下。

"你确定够吗？"

我点点头。

"你用这个钱来干吗，矮子？"塞尔日问。

"买糖果吃。"

***

"你有成绩单吗？"

每个月都会有这种不愉快的时候，除此之外基本都能忍受。在教养所的谈话间，母亲总是问我要成绩单。我拿给她看。她看得很慢，看到我成绩好，她不但没有高兴，反而流泪了。她拿出手帕，擦擦眼睛，叹息道："我可怜的小儿子！"那个时候，我也想哭，但忍住了。

有时，父亲陪她一起来。他会祝贺我几句，然后批评我英语太差——只有这一科我得了80分。不过，他不常来。两次里面有一次，母亲替他辩护说："看到你这样他太难受了。"要不，她会轻声地说："那段时间他太忙了。"

今天跟大多数时候一样，是塞尔日陪母亲一起来的。

我把成绩单递给母亲。她翻开了，露出了跟前面32次一样的微笑。但当她的眼睛扫过分数那栏时，她的反应跟平时不同。通常她首先是感到奇怪，然后又是高兴又是骄傲，最后是巨大的伤心。不，这一次，好奇更多地变成了惊讶，然后是不解，之后……又变成了眼泪。她比往常哭得厉害。

"我可怜的小儿子！"

尽管她每次都哭，但这次跟以前完全不一样。塞尔日已经注意到。

"拿来看看。"

他一把夺过成绩单，看了一下，然后抬起头，不信任地看着我，感到非常震惊。我露出半是尴尬半是充好汉的样子，好像跟他一样，我也有权当一个劣等生。

但他不像我想象的那么傻。他翻转成绩单，看了一下写在第一页上的名字。

"这不是他的！看，妈妈，上面写着：吉·加马什。"

我的计谋失败了，我装出无辜的样子。

"是吗？那一定是弄错了。这是我寝室室友的，我回去找一找。"

我撇下在那里流泪的母亲，跑到娱乐室去找加马什。从来就没有人来看他。

"怎么样？"

"不成，被我哥哥发现了。总之，她还是哭了。"

我们换回了成绩单。

我回去把我真正的成绩单给她看。她又哭了起来，但伤心的方式不一样，塞尔日则用怀疑的目光盯着我。

***

"咳嗽。"

我咳了。想知道我的睾丸有什么问题，我将付出很大的代价——至少两块钱。加马什说，一个好医生弹一弹你的睾丸就知道你一星期手淫多少次，但加马什撒谎的次数比手淫的次数更多。

他两年前就走了。那是我唯一的朋友，也许说不上是真正的朋友，但也差不多吧！

"可以把短裤穿上了。"

好了，体检结束了。我长高了一点儿。"3毫米。"医生说。如果是10毫米，我觉得那就好得多。因为我长高了——尽管在这里关了六年之后，我成了年龄最大的人之一，但算不上是个子最高的，不过，也不是最矮的。

然而，那个绰号还是跟着我，人们还把它加长了——"矮子我无所谓"，虽然我早就试图尽量少用"我无所谓"这种说法，但还是常常脱口而出。

嫂子的咖啡

第四章

两棵树之间拉了一条横幅，上面写着"欢迎矮子"。

"看见了吗？还挺好听的呢！"哥哥提醒我。

我想不起来这房子竟有这么漂亮。我想，坐了七年牢，再破的屋子在我看来也很漂亮。不过，我得承认，当我哥哥从汽车的尾厢里拿出我的行李时，我看了这房子一分钟，发现这不过是很普通的一栋平房。但它位于河边的大树底下，树长高了，比我长得高长得快，让我想起我在牢里读过的小说中的背景，故事发生在路易斯安那州或是刚果、圭亚那、普罗旺斯。我知道这也许与现实完全没有关系，但能住在跟我想象中的异国他乡很像的地方，我还是感到很高兴。

在我坐牢的这段时间里，屋子被扩大了——也许是考虑到我要回来。在后院的边上，父亲加大了厨房，安装了几扇玻璃门，外面是种满了树的新露台，露台后面就是小河。

他在屋前的门口台阶下跟母亲一起等我。母亲笨拙地把我拥抱在怀里，我感到她想使尽浑身的力气让我紧贴着她，但与此同时，她的身体又拒绝任何肉体接触。也许她是不想让我知道她老了，皮肤松弛了。如果是这样，那她失败了，因为在这匆匆的拥抱中，我已经感觉到了。

父亲有力地握着我的手，把我的手抓在他的手里。我等待着下文。

他松开手，推着我往屋里走去。屋里有很多人，有些人我从来没有见过。几个年轻人我猜是我哥哥的朋友，但大部分都是我父亲的雇员。

我平生第一次喝啤酒。喝了两瓶之后，我觉得生活真美好。但又喝了两瓶之后，我就去了厕所，把头埋在抽水马桶里吐了。

***

"头疼？"塞尔日嘲笑道，给自己倒了一杯橙汁。

是的，确实是这样。肚子疼，胳膊疼，尤其是头皮疼。但我痛成这样，并不仅仅是因为昨天的啤酒，而是因为父亲一定要我陪他去巴齐内-雪佛兰-奥兹莫比尔-凯迪拉克专卖店。我怀疑他是想雇佣我，就像他雇佣我哥哥那样。那我可不愿意。

母亲见我提不起神来，便告诉我："你会有惊喜的。"

"你来吗？"父亲已经在我之前吃完早饭。

我坐进了他的奥兹莫比尔。小时候，如果我想透过雪佛兰的车窗看外面的景色，我得坐在座垫上。现在，我只要挺直身子就可以了。但一路上没有什么好看的，先是高尔夫球场，然后是河边的玛丽-维克多琳大道。我慢慢地瘫在座椅上。四周的景色——破烂的商店和破旧的房子——渐渐地消失了。

到了父亲的专卖店，我醒来了。我跟着他一直来到展销大厅，里面有个跟我年龄差不多的小伙子，正在给排列在玻璃大圆窗前的锃亮的汽车擦灰尘。

"你想要哪辆？"

我一直往前走，好像在检阅汽车。车子是根据价格从低到高排列的，首先是雪佛兰——雪佛兰贝莱尔雪、弗莱黑斑羚，我在一辆奥兹莫比尔前面停住了脚步，看了父亲一眼，想知道他是否同意我的选择。

"你可以接着看。"

如果我没弄错的话，他是准备给我最贵的凯迪拉克，只要我喜欢。

我知道一辆凯迪拉克值很多钱。父亲自己只开一辆奥兹莫比尔（一辆高配的大型奥兹莫比尔，他六个月左右换一次，然后当作展销车卖掉，但那毕竟是奥兹莫比尔而不是凯迪拉克）。然而，我没有流露出任何高兴或感激之情。我不会开车，我在牢里度过的日日夜夜做过无数的梦，但从来没有梦见过想要一辆汽车。我的脚步停在一辆埃尔多拉多前面——那是最后一排汽车了。我打开车门，坐在方向盘前，伸长脖子，但我矮得看不到仪表盘。

"有电动椅。"父亲说。

刹那间，我想象自己坐在电椅上，双手被绑在扶手上，头上扣着一个金属碗，就像在美国的老电影里那样。在教养所里，他们老让我们看这类电影，以便让我们打消当杀人犯或继续杀人的念头。父亲为我指了一个按钮。我明白那是一个电动开关，用来调整椅子高度的，但我试都没试就从这辆大轿车里下来了。

"你不喜欢？"

我摇摇头。那个擦车的小伙子擦完了凯迪拉克-威乐，刚好就在我旁边，他看了我一眼，好像我完全疯了。父亲没有坚持。

"我能到外面去看看吗？"

"你想去哪儿就去哪儿。"他回答。我猜不出他这是感到解脱还是失望。

他跟着我首先来到排在人行道旁的一列新车前——新车被最近的一场雨弄脏了。总的来说，这些车比有幸放在室内没有淋到雨的车配置要差一些。接着，我们来到了二手车车场，主要是雪佛兰、奥兹莫比尔和庞蒂克。偶尔有几辆可以说还是新的凯迪拉克，那是一些有钱人卖掉的，他们每年都换车。不过也有福特和克莱斯勒，还有几辆漫步者及一些已经消失或濒临消失的牌子。

"我能要这辆吗？"

我停在一辆蓝色的雪佛兰－马力布前。这辆车不太旧，但车头有锈斑，还碰到过围墙或是电话柱之类的东西。它停在另一辆跟它状态差不多的马力布旁边，只是那辆车是黄色的。

"你确定你不喜欢更……"父亲既高兴又有点儿不好意思，高兴的是这份礼很便宜，不好意思的是看到儿子开着一辆生锈的车子在他潜在的客户面前来来去去。但他没有把话说完。

我喜欢这样，两种意思都有。父亲皱了皱眉头，难道我是打算去卖二手车吗？

"我想赛车。"

他惊讶地看着我。我明白。我自己也一样，感到惊奇。威风地死于一团大火当中，这一想法突然吸引了我？

父亲则相反，他好像以为我终于表现出想充分享受人生了。

"随你吧……"

我们去了他的办公室。他喊来一个销售员，让他去办理买车的手续，然后递给我一个信封，里面装了一本支票和加拿大国家银行的一本存折。我打开一看，第一页的余额显示是14000多加元。

"这是你奶奶的遗产，加上利息。"

＊＊＊

塞尔日给我的蓝色马力布加长了踏板，并且在二手车停车场教我开车。现在，重获自由还不到两个月，我就成了下黎塞留地区最让人羡慕的年轻人。我考到了驾照，有两辆车，银行里有一笔不小的财富，有一份工作，给技师当学徒（父亲让我加入他的销售团队，但我看了一眼那些人的脸，就打消了这个念头）。母亲希望我继续上学，我回答："不着急吧。"

只有一件事让我不高兴，如果18岁真的值得高兴的话：大家都躲着我。当我去索莱尔找我哥哥时，无论是在酒吧还是在迪斯科歌厅，他周围的男男女女见我到来，不一会儿就全都溜到舞池或其他娱乐场所去了。偶尔有个女孩对我感兴趣，也总会有人对她耳语几句，于是这女孩便借口10点之前（如果当时是9点55分）或凌晨3点之前（如果当时是2点45分）要回家。

大家都知道塞尔日·巴齐内的弟弟杀死了自己的奶奶。如果我杀了老婆或女朋友，杀了银行的出纳或我的老板，大家也许会原谅我。但10岁的时候就把自己病重的奶奶杀死在医院的病床上，这让大家都把我当作最可恶的罪人。

幸亏，在巴齐内-雪佛兰-奥兹莫比尔-凯迪拉克汽车专卖店，我和机器一起工作，它们不怕把自己交付给我这

55

个杀人犯。只有维利·洛尔蒂，就是我来挑车时见过的那个年轻人，他是除了我哥哥之外唯一的雇员，会有事没事地跟我说话。

但我得知，我成为助理技师的同时，也让他失去了获得这个岗位的机会。

他好像对我有点儿崇敬，是因为我有两辆车，有时会借他一辆，让他在停车场练车，还是因为我杀死了自己的奶奶？总有些人出于某些荒唐的理由而尊敬别人。

***

刚才，大家差点儿以为春天已经到来。我问塞尔日是否愿意试试我们装到我的马力布发动机里的新阀门。

整个冬天，我都在调试我的两辆车子。其实，我对机械没什么天赋，大部分活儿都是我哥哥干的——有时在技师们的帮助下。当他命令他们维护我的马力布时，他们不敢违抗；但当我问他们要工具或要他们帮忙时，他们往往装作听不见。

我开始练习开快车，在特拉西和索莱尔的马路上开得飞快，有时也去蒙特利尔和三河市那边跑一跑。我最喜欢在雪地里飙车，那就像在消音地毯上驰骋，人仿佛置身于景色中。然而，我确信自己会葬身其中。但我驾驶得越鲁莽，车便开得越好，从来不偏向。

这天下午，没下雪，高速公路上没有一点儿冰碴儿。马力布的排气阀运行得非常完美。

"你听见了吗？"塞尔日兴奋地说。

我徒劳地伸长耳朵，觉得发动机的声音跟平时完全一样。

"啊，是的，真正的音乐！"尽管如此，我还是这样说，免得被人当作机械方面的白痴。

看到魁北克桥的时候，我正准备掉头。这时，下起雪来——突如其来的暴风雪，我们这个地区甚至在3月底也有这个本领。我们没有看见乌云阴险地跟在身后。

"我们可以在魁北克过夜，有一家小旅馆我很熟悉。"塞尔日说。

"我还是想回去。"

他没有坚持。太好了，我不知道自己为什么不愿意跟塞尔日在外面过一夜，跟不知道我杀了奶奶的女孩们来个一夜情。当我看到塞尔日追女孩时，我总是感到有点儿不自在。他已经结婚，尽管跟妻子分居了。他的妻子是个很不错的女孩，如果我有一个这样的女孩，我绝对不会再去追别的女孩。是因为她我才不愿意跟塞尔日在魁北克过夜的吗？也许吧！

在回去的路上，雪越下越大。我在道路的左侧行驶。白茫茫的夜色中，前面突然出现了一辆卡车的方位灯。我正要超过它，它在车后卷起的雪雾遮住了一切，让我既看不清道路，也看不清卡车，甚至连马力布的车头都看不见。几秒钟后，我们才从这雪白的隧道中钻出来，我猛地一打方向盘，调正了车道。不是吹牛，对新手来说，这操作够牛的了。

就这样，我们超过了十多辆卡车，丝毫没有减速。塞尔日问我：

"你是不是想自杀？"

我没有回答。

"还要拉我垫背？"

我还是没说话，但稍微减了一点儿速。塞尔日伸出手，放在我脑后的椅背上，抓住我的脖子。起码有八年了，我们这是第一次肌肤相触。我们常常像通常的兄弟一样打架，不知道是否还相爱，更不知道如果不爱了又怎么办。上次也一样。

我又减了一点儿速，直至回到特拉西，没有再超过一辆卡车。

***

河面上的冰终于化了。我想，我在十年前的春天见过这景象，但我忘了它来得那么快。我惊讶地看着它一夜之间就变了。昨天，黎塞留河还冰封雪冻，今天早上就到处都是流水了，除了岸边。

晚上，我坐在饭厅里，面对着玻璃门，看着河水在月光下流淌，慢慢地啮咬着仍紧抓河岸不放的寒冰。这时，我听见身后有辆汽车停在门前。我走到窗边。是尼科尔，我的嫂子。她从一辆雪佛兰蒙特卡罗里下来，径直朝屋里走来，没有扭头看一眼司机。车子开走了。

尼科尔常来我们家，让我们替她看护她的女儿玛侬，也就是我的侄女。我打开门。

"你妈不在？"

"她睡了。"

"小孩放在这里可以吗？"

"可以。"

她总是这样问，而我或我母亲也总是这样回答。小女孩从来不妨碍我们，即使她妨碍我们，我们也视而不见。

尼科尔走向我的房间，玛侬的床就放在里面。我在教养所里的时候，每当塞尔日和尼科尔让我母亲看管玛侬时，就让她睡在那里。尽管我现在回来了，她好像还是不愿意睡在别的房间。至于我，我并不在乎每周出借房间两三个晚上。

"能替我叫辆出租车吗？"尼科尔怀里抱着孩子问。

"我送你们回去。"

如果她不随送她来的那个家伙一起走，她总是要我给她叫一辆出租车，而我每次都拒绝。

＊＊＊

　　她住在镇政府大街的特拉西花园。像往常一样，我没有让车子熄火，而是拿起后排座位上装着玛侬物品的袋子，走在抱着孩子的尼科尔旁边，打算像以前那样把袋子放到电梯里，然后走人。

　　"想喝杯咖啡吗？"

　　我并不反对，于是便跑去熄了汽车的火。

　　我及时赶上了尼科尔，好给她开门。

　　"谢谢。"

＊＊＊

　　她把孩子放在带栏杆的床上。这是我第一次去她和塞尔日的家，奇怪的是，一点儿都看不出来塞尔日已经不住在这里，或者说，一点儿都看不出来他曾经在这里住过。也难怪，他确实常常外出。

　　尼科尔转身去烧水。

　　"他离开这里之后好像喝得更多了。"她伤心地说，似乎猜到我在想他。

"你希望我回到那里去吗？"

她大笑起来，但马上就止住了，好像觉得这主意太可笑，但其实她并不真的反对。我呢，看见她伸长胳膊去柜子里拿杯子，突然觉得，如果能让她高兴，我会自愿回到那里去——按现在的情况，是回教养所去。

她在桌边坐下，和我面对面。

"你能上楼来，我很高兴。"

我马上就什么地方都不愿去了。

我们默默地喝着咖啡。她说"我很高兴"的时候，抓住了我的手，然后就没有抽回去。我开始遗憾自己是塞尔日的弟弟。也许她也遗憾。

"想看看我的房间吗？"

我从来没有见过她的房间，所以有点儿想看。我并不相信她是想让我欣赏里面的装饰，但我从来没有跟女人上过床，更不用说跟我哥哥的女人了。失望之中，我想，要么寻找借口逃脱，要么接受。于是我问：

"除了塞尔日，你还跟别的男人好过吗？"

"跟他分手后才跟别人好。"

我脸上火辣辣的。一方面，如果她说的是真话，我嫂子跟我哥哥一起生活时从来没有欺骗过他；想到要跟一个忠诚的女人睡觉，我觉得跟一个到处留情的女人睡觉要容易接受得多。另一方面，我也不会是第一个跟她一起欺骗我哥哥的男人，如果别人在我之前已经做过，逻辑上来说，我并不会更加败坏她的名誉；最重要的是，这个女人不怕跟一个杀死自己奶奶的人睡觉。

我关了烧水的炉子。

***

我觉得持续时间挺短的，尽管我在这方面缺少经验，无法做出正确的判断。当我想到塞尔日也许还留有钥匙，随时都有可能进来捉奸，我便感到很紧张，甚至恐惧。

"还行。"尼科尔说。

这让我感到有点儿高兴，尽管我并不很清楚她为什么说我还行，我不敢问，开始穿回衣服。

"你可以留下不走。"

"我不想让妈妈有任何怀疑。"

她没说话，我也没说话。我推测，她之所以邀请我过夜，是因为塞尔日没有钥匙，但我现在改口已为时太晚。

我不知道该跟她说"谢谢""再见""下次见"还是"永别"。她似乎半睡半醒，我便悄悄地离开了。

推开大门，我大吃一惊：特拉西花园的停车场里，塞尔日的车子——一辆凹凸不平、锈迹斑斑但永远都跑得动的奥斯汀迷你库珀就停在我的车子旁边。他肯定透过玻璃门看见我了，躲起来已经来不及。总之，马力布在那里，证明我也在那里。我走了过去，他摇下车窗。

"我是送他们回来的。"

我庆幸自己说了"他们"而不是"她"。塞尔日一言不发地看着我。确实，我在上面待得也太久了，不像是仅仅送他们回家。如果他在那里待了足够长的时间，他会知道的。

"我们聊了一会儿。"

"聊什么？"

"瞎聊。"

他似乎感到满意了，甚至放心了。我撒谎比以前强多了，再说，我不是真的想撒谎。我们说话的时间比做别的事情的时间长。没什么大不了的，我想。

他发动了奥斯汀迷你库珀，我上了我的马力布，最后朝我觉得应该是尼科尔房间的窗口扫了一眼，没有看到任何人。也许我弄错了窗户。

***

我报名参加了我的第一场比赛，如果这也能叫作比赛的话。其实，我参加的是一场"破坏赛"。赛法很简单：让三十多辆旧汽车转圈——圈子越小就越成功，谁转到最后谁得胜。据我所知，除此以外便再也没有别的规则。技巧也很简单：当别的车子相撞得不亦乐乎的时候，你要尽量保持平稳，避免碰撞。车头的散热器是汽车最脆弱的部分，如果开倒车，便能坚持得更久，同时，还有可能撞扁竞争对手的散热器。唯一困难的是要往后扭着头驾车，而且要开得够快，不要让想通过撞车来废掉破车寻欢作乐的参赛者从另一边抓住你，因为如果有一辆车撞穿你的散热器，你的车子很快就会在一阵雾气或黑烟中动弹不得。

我让父亲给我资助，他同意了，但这种资助必须匿名，不能在正被拆散的汽车上看到"巴齐内-雪佛兰-奥兹莫比尔-凯迪拉克"的字样。

但这并不影响我第一次赛车就游刃有余。一开始，我只求我的黄色马力布能尽量少发生碰撞，至少要能再赛一次；接着，我发誓要赢一次，以开始我的赛车手生涯；"破坏赛"赢了几次之后，我参加系列赛车就会更容易；最后，赢了几次之后，我便可以投入真正的赛车了，那时就不用担心"巴齐内-雪佛兰-奥兹莫比尔-凯迪拉克"这个名字受到侮辱了。

总之，两三分钟之后，我的车子还在开，而四分之三的竞争对手已经被迫放弃。但现在情况复杂起来了，一方面，僵尸车堆在跑道上，浓雾挡住了视线，让人很难不撞上去；另一方面，我的最后几个对手跟我一样，一定要赢得许诺给得胜者的50加元奖金，准备将来有一天成为真正的大奖明星。

只有一个办法脱身，就是在赛场边缘行驶，这样，虽然能见度减弱了，但运动着的障碍物也减少了，于是我决定正常向前行驶，就像一个真正的赛车手一样。

然而，塞尔日不让我这样做："你会被当作一个可笑的人。大家会说，你被吓坏了。"但我别无选择，如果我想得胜的话。为了不让自己显出太胆小的样子，我开始开快车——其实，也不是太快，因为我的时速从来没超过60公里，但这在拥挤的小赛场上已经很快了。

不幸的是，我的一个对手——只剩下我们三个人在跑了——跟我做了同样的事情，用的方式也几乎相同。他也躲在赛车道外围，车开得很快，但也不排除开倒车，也许他一直担心自己的散热器，也许他的变速箱已经不能往前开了。

问题是，我们走的不是同一个方向。从后退到前行，我只须停下，然后反方向行驶，用不着向后转。作为这一运动的新手，我并不知道应该沿着最初的方向继续往前开，即顺时针方向。然而，除了前两圈，赛车乱得让我觉得根本无法选择方向。突然，一阵黑烟散去，我看见了76号车的赛车手在开倒车，背对着他的青绿色普利茅斯-德斯特的方向盘。我看见了他的面孔，他并不慌张，或者是没有时间慌张。

我们的车子第一次相撞。我系了安全带，只是额头碰到了方向盘，擦破了一点儿皮。但76号车的赛车手要么是没有系安全带，要么是快撞击时安全带脱落了，他穿过后车窗（所有的汽车都被摘除了窗玻璃），撞到我的马力布车头上，落在了我们的车子之间。车子相撞之后弹起来，彼此拉开了半辆车那么长的距离。

这时，第三个赛车手还在比赛，紧跟着76号车，也是开倒车，从另一头撞了上来。只看到两条大腿垂直地竖在我的车头，到处溅满了血。我后退着，挣脱着出来，然后停下车，从车子里爬出来，跑到前面去察看。76号车的赛车手腰部以下血肉模糊，在这堆血肉之中人不可能还活着。我狂奔起来，穿过阶梯座位下面的门口，想跑到停车场的另一端。但我跑不动了，停在一辆科尔维特旁边，弯下腰，呕吐在车头上。

***

半夜2点。

我在平台上等塞尔日。没有报纸，没有书籍，没有电视，也没有收音机，什么都没有，除了像今晚的河流一样黑的思绪。

为了尼科尔，我决定把事情告诉他。他也许会掐死我，我无所谓，一了百了。但他也许会对我说这事跟他没有任何关系。"你想要她？拿走。"我想他肯定会这样说。我们会同喝一瓶啤酒，他将告诉我如何引诱她，她喜欢怎样被爱抚，诸如此类的事情。他可能还会告诉我，怎么做才能留住她——尽管在这种情况下，我应该做与他说的相反的事。那样，我所有的问题都将解决，或者，我将发现一系列新的问题。

他终于来了，看到平台上有灯光，便把他的迷你库珀停在车库门口，摇摇晃晃地沿屋子绕了个圈走过来。

"矮子，你成了明星了！"

"什么？"

"在索莱尔，大家都在谈论你。"

"他们在说什么？"

我应该承认，这至少让我产生了兴趣。我从来没有当过明星，除了在报纸上，从来没有人谈起过我，而报纸又无权提及我的名字。所以，在这个星期，我成了周围酒吧里谈论的主要对象，这引起了我的兴趣，尽管我希望我不是因为在一场愚蠢的汽车赛中发生的愚蠢事故而出名的。塞尔日到厨房里拿了两瓶啤酒，然后才回答我：

"全都在胡说八道。有人说，那是你的错，因为你的方向不对，而且，还往前开；也有人说，发生事故之后，你不应该倒车走人，应该知道，你本来是会赢的，因为你是最后一个还在赛场上开车的人。甚至还有人说，警察应该抓你。但在这之前，他们必须先把那些玩冰球的人抓起来……"

他停了下来，无神的目光望着远方，比河对岸还远的地方。

"那你是怎么跟他们说的？"

他回过神来，眯起眼睛对我说：

"我嘛，我对他们说，是的，继续赛车，拿冠军。然后又说，你是我弟弟，如果他们有意见，去他妈的！"

他表现出来的这种兄弟之情，让人怎么好说跟他的老婆睡过了，而且还一直虎视眈眈。

我喝了一大口啤酒，想表达一下我的感激之情，但找不到更好的话说，所以当他喝完他的那瓶啤酒时，我说：

"我去给你再拿一瓶？"

***

今天上午，来了一个不速之客——"破坏赛"的倡导者，他给我送支票和战利品来了。比赛结束之后太混乱了，他们忘了给我。他还问我是否愿意参加下一场比赛，因为据他说，我吸引了很多人。

"你的个子那么矮，开始的时候，大家都以为车里没有人呢！"

"我不参加。"

"我不收你报名费。"

　　"我想想吧。"

　　我没有想。他一走出家门，我就把战利品扔到了垃圾
篓里，但支票我还是会去兑现的。正当我准备登上我的第
二辆也是最后一辆马力布去信用社时，又发生了一件意想
不到的事情：有人用白色的颜料在我的左车门画了两个小
人：一个穿裙子，另外一个没有裙子。人们还以为我的车
子里面有厕所呢！当然也可以想象别的事情。

　　我该怎么办？用蓝色的油漆把它们覆盖掉，还是听之
任之？我想还是随它吧！

　　到了哪天想弄掉它们的时候再说。

他人的比萨饼

第五章

"这不是真的！"

"我向你发誓这是真的！"

今晚，在索莱尔侯爵酒吧，就某物存不存在这个问题，两个醉鬼大吵起来，其中一个醉鬼就是我。在圣约瑟夫德索莱尔，是否有一条马路叫庇护七世路？这个问题引起了他们的兴趣，他们都把凳子移到女侍应前面，但女侍应拒绝参加。

"我知道，"跟我说话的人一口咬定，"我就住在庇护九世路，过去就是庇护八世路，再过去是庇护七世路。"

"唉，要说出'我在庇护七世路'这句话，太难为情了①。"

"每个教皇都有自己的路。如果说那个教皇选了这个名字，这不是他的错。"

"他不可能知道魁北克人把阴茎说成尿棍。而且，他

———————————

① "庇护七世"（Pie-VII）与"尿棍"（pissette）发音相同。

是个意大利人，名叫毕奥·塞托或类似的名字。"

"总之，你不知道在圣约瑟夫，人们是怎么说庇护七世的？"

"不知道。"

"我待在尿——棍——路。"

我爆发出一阵大笑。

"喂，我又赢了你一瓶啤酒。"对方坚持道。

"没门。我得走了。"

我没有撒谎。我喝够了，明天还要干活，因为我最终决定或者说坚持要成为一个真正的技师。总之，在魁北克的任何市镇从来没有也永远不会有一条叫作庇护七世或庇-韦-嘻-嘻的路或者街。我结了账，离开了酒吧。

我坐在方向盘前，并没有醉成我以为的那样。钥匙自己找到了打火开关，车灯的开关还在老位置。

马力布乖乖地慢慢后退，没有碰到仍停在停车场里的不多的几辆车。

我穿过一座横跨黎塞留河的弯曲的旧桥，桥的一头是索莱尔，另一头是特拉西。到了对面，下桥时，一块我见过几百遍但从来没有注意的路牌突然出现在眼前：圣约瑟夫德索莱尔，上面还有个箭头，指着右边。

不可能不朝右转。

人们告诉我，本世纪初，特拉西是圣约瑟夫索莱尔的一部分。但乡村的农户不愿为村里的人缴税，于是便脱离了他们，特拉西因此而诞生。

现在，特拉西是个重工业小镇，而圣约瑟夫索莱尔的中心还保留着原先的样子，一个平静的小村庄。四周有些工厂，哪怕对它们丝毫不了解，也一看便知那应该属于世界上污染最严重的企业。但这里的住家门前的马路看起来却完全正常，像五十或一百年前那么平静和幸福，尤其是刚刚才下了第一场雪，干干净净的。

我找到了庇护十世街，然后是庇护九世街，跟着是雷翁八世街，但根本就没有庇护七世街的影子，甚至也没有庇护八世街。我从圣彼得路回特拉西，圣彼得是所有教皇的祖先。我想回索莱尔，对索莱尔侯爵酒吧里我的那个伙伴说，他在戏弄我，并且请他最后再喝一轮啤酒。可就在这时，我看见了父亲的奥兹莫比尔，总之是一辆和他的奥兹莫比尔很像的车。在这条马路上，基本上都是些很新的小车，或者是很旧的大车，奥兹莫比尔的出现显得非常骄横。

仔细察看之后，浅蓝色车顶深蓝色车身的奥兹莫比尔，只能是他的车。因为这种车在这个地区并不是很多，我觉得这种车出现在这个村里是不可能的，它停在一栋小小的连排屋前，屋子维护得并不是很好。

我继续前行，绕着屋群转圈，然后回来，把我的马力布停在那辆奥兹莫比尔前面，看着反光镜等待着。我试着想象父亲会在这里干什么。他有个情人在这里？地下赌场？我很难想象父亲有什么缺点，他是最平庸的男人。光顾妓院或放胆赌牌，这真不是他的风格。我想，正因为如此，我才会待在这里，听着索莱尔电台播放的克洛德·西古安的乡村音乐节目——《深夜牛仔》。

我一边漫不经心地听着"当你去西边时，别让我一个人孤孤单单留在东边"，一边寻找父亲出现在这条马路上的其他理由。他是来帮助一户穷人家的？他有个私生子？也许是在认识我母亲之前生的，那就应该是我同父异母的哥哥或姐姐。但我很快又回到可能性最大的事情上面：寻欢。如果是赌博，我觉得街上应该有其他有钱人的车子。不过，也有可能赌徒们买不起昂贵的汽车。可我最后还是倾向于寻欢，因为父亲有一个……

瞧，他现在出来了。在关上一楼的大门之前，他向一个白色的身影伸长脖子，然后一直走到自己的汽车旁边，坐在方向盘前，打开车灯。他应该认出了我的马力布，也看见了我的人影，因为他马上熄灭了车灯，向我走来。

我摇下车窗。

"你在这里干什么？"

"看看而已。"

他直起腰，思考了一下。

"你不会告诉你妈吧？"

"我想不会。"

他又在那里待了一会儿，然后才离开，他找不到别的话对我说。

当他的车超过我的车时，我感到有些失望：无非是有个情人。当然，我不会告诉母亲的。不过，父亲第一次让我觉得他像个人，敢不正当地寻欢了，但我更愿意继续相信他属于那种不食人间烟火的人。

我回到家，比他晚几分钟。

"你们想吃馅饼吗？"母亲问。

"不想。"

"不想。"

"我还有炒鸡丁和土豆泥。"

"我吃过了。"

"我也吃过了。"

母亲只买冰冻或冷藏的食物。在她看来，父亲的味蕾已经遭到破坏，我们都遗传了他的坏毛病。这也许是真的。但至少他的那个玩意儿不是老睡着。

***

下午一点半，父亲在餐厅里用完午餐回来，坐在自己的办公室里。

我按响了圣彼得街1213号的门铃。仅仅一秒钟，门就开了，出现了一个瘦瘦的女人——甚至可以说有点儿太瘦了。她不高，因为我们相遇的目光一般高；也不太年轻，二十八九或是三十出头。她穿着一件红色的仿皮上衣和一条牛仔裤，胳膊上挎着一个黑色的小手袋。她用疲惫的目光看着我。

"我能跟您谈谈吗？"

"可以。"

她闪到一边，让我进去。

"你是老大还是老小？是塞尔日还是谁？他给我看过你的照片。"

我没有马上回答，心想，父亲肯定没有经常说起他的儿子们，所以她甚至都记不起来塞尔日并不是两个儿子中最小的。

我们站在狭小的前厅，那里放着一张黑色的电话桌。我们的鼻子几乎都要碰到了，眼睛直视着对方。突然，我不想再当杀死我奶奶的凶手了。

"我是弟弟，诺尔芒。"

她眨着眼睛，等着我告诉她为什么来看她。可我自己也不是很清楚为什么到这里来，因为我从来就不知道。我只是站在一个还算漂亮的女人面前，她并不比我高。

"我敢打赌，你不希望我再见他。我无所谓。"

她用了我最喜欢的一句口头禅，这让我对她更有好感了。难道我们俩都有这种刀枪不入的本领？

"我没有这样说。"

"坐吧。"

我在客厅里坐下，那里的装饰没什么品位，这让人更容易接受，因为没有任何贵重的东西。破旧的沙发好像是从小街小巷里淘来的，色彩刺眼的黑丝绒画也不值钱。我得说点儿什么。说什么都行。也许问一个问题……

"他给你钱吗？"

"不给。他只叫比萨饼，带馅的，但没有青椒，也没有意大利辣香肠。有时，他也带啤酒来。"

也许母亲说得对，父亲的味蕾已经失去作用。我试着想象父亲寻欢的疯狂之夜，但想象不出来。

我看见这个女人身后的房门开着，被子叠得整整齐齐，有个不是很俗气的床罩。是父亲送她的礼物吗？母亲生日的时候，他送的礼物差不多也是这样的东西。

"要啤酒吗？"

到厨房之前，她先去打电话，拨了一个号码：

"我会晚点儿到。"

她挂上电话，拿着一个酒杯和一瓶啤酒过来，那牌子正是父亲所喜欢的。父亲喝得不多，但从来不换牌子。我不知道为什么。一时间，我挺恨父亲的，他竟找了一个贫穷的女人来欺骗母亲，而他又不给这个女人钱。他本来是可以给自己找高级妓女的，那样与他凯迪拉克经销商的身份更般配；但转念一想，我又心软了，他们的这种关系，我想挺伤感的，两个人开心的时刻应该不会太多，喝着马

78

尔松啤酒，吃着没有青椒和香肠的比萨饼，在床上度过几个小时。

我想离开，羞于闯进一个没有任何东西可看的世界。然而，当我小心翼翼地把啤酒倒在杯里，不让它起泡时，我发觉我有个绝好的机会知道我在父亲眼里是个什么样的人。

"他有时会跟您提起诺尔芒吗？"

"没有，他只给我看过你们俩的一张照片。你可以用'你'来称呼我。"

我生气了吗？如果父亲在我面前，我手里有把手枪，我会杀了他。顿时，我想去小酒馆转一圈，找把手枪，然后追到巴齐内–雪佛兰–奥兹莫比尔–凯迪拉克公司去。但不一会儿，我又觉得还有更好的复仇办法。

"你为什么笑？"那女人问。

"不知道。我不知道自己为什么笑。要不要我叫比萨饼？"

她站起来，拿起电话。

"我来付钱。"她说。

***

父亲回家很晚，四个晚上中有三个是这样。我跟塞尔日待在客厅里看电视。母亲问父亲是否吃过饭，这一次他竟然说没吃。"哎，今晚没有比萨饼？"她给他加热了一小块三文鱼馅饼，不一会儿就去睡了。父亲来到客厅找我们，他把碟子放在矮桌上，没有坐下，而是把电视机的声音调低了。

"塞尔日，我能跟你谈谈吗？"

"当然。"

"去地窖。"

他调回电视机的声音。两人下楼去了地窖，我听见有人大喊了几句，然后塞尔日怒气冲冲地上来了，回到自己的房间，把几件衣服塞进垃圾袋，走出门去，开车离开了，汽车的轮胎吱吱作响。

父亲过来，坐在塞尔日刚才坐过的椅子上，像以往一样，神色平静。我努力用平常的语气，不流露出一丝真正的不安或兴趣，问：

"什么事情跟塞尔日闹不愉快了？"

他向我弯下腰来，轻声地问：

"你为什么要跟他说起她？"

球门刚刚射中，全场沸腾。这足以证明我的沉默是对的。

不过，我从来没有跟塞尔日说过关于父亲有情人的事。我突然明白了：她一直以为我是塞尔日，于是便对父亲说塞尔日去找过她。由于父亲知道我见过他从她家出来，他便认为是我跟哥哥说了她的事。

可他们为什么吵架呢？父亲对塞尔日说了些什么？或者说那个女人对父亲说了关于假塞尔日的什么？

不，她没有说！是的！这样一切就都明白了：由于我所不知的原因，她向他承认，塞尔日跟她睡了觉，父亲骂了塞尔日，塞尔日火了……

我待在电视机前，心想她为什么要把这事告诉我父亲。我只找到一个说得过去的理由：她怀孕了。她跟我父亲在一起时很小心；据我所知，那天下午跟我在一起时她没当心。

这么说，我很快就要当爹了。她认为那个孩子是塞尔日的，而父亲却以为是他的。想到这里我就感到好笑。我甚至要说，此事让我开心得不得了。

但我没开心多久，因为我找到了一个更好的解释：她之所以告诉我父亲，是因为她需要钱来堕胎。

我假装看电视，心里却在十次，也许是一百次重复——我无所谓。

侄女的围巾

第六章

　　圣诞节到了，在妈妈的邀请下，塞尔日和尼科尔带着玛侬来家里做客。由于我，塞尔日跟尼科尔重归于好了。也由于我，父亲和塞尔日一个月前就开始互不搭理——甚至在维修车间碰到时也那样。我哥哥每两天在那里干一天活。他们以前也不怎么互相搭理，所以没有什么人注意到这一点。

　　子夜弥撒之后，全家可以指定一个孩子今冬率先在室外锻炼，并得到一些礼物。我就是这个孩子。父亲给了我一双冰鞋，母亲给了我一副远程滑雪板，塞尔日和尼科尔给了我一个用来冰钓的螺旋钻及一打手摇柄，玛侬给了我一条红色的围巾，那是她在妈妈的帮助下亲手织的。

　　为了让他们高兴，圣诞节一大清早，我就与塞尔日和玛侬在河上滑冰了。滑冰的时节很短，差不多三天前才开始，那时冰块才变得足够厚，到第一场大雪到来的时候就结束了。因为雪太大，风吹不走它们。

　　小侄女几天后就要满6岁了，她玩了几下就哭哭啼啼闹着要回去。塞尔日只好先把她带走，然后才回来找我。

　　我们俩紧挨着，默默地溜着冰，不一会儿，停下来喘气的他好像想跟我说话，但什么都没说。我突然觉得，如果我不问他为什么跟父亲吵架，那是不正常的，但也有可能我是想嘲笑塞尔日。

"你跟父亲怎么了？"

塞尔日看着我，然后盯着自己的鞋尖，接着抬起头，望着遥远的河对岸。

"都是因为吉内特。"

我等待着下文，但他没有马上告诉我。

"吉内特是谁？"

"你跟她睡过。别对我说你不知道她的名字。"

我确实不知道她的名字，但我突然觉得吉内特很适合他。不过我不确定，我既不知道吉内特这个名字，也不知道我跟她睡过觉。塞尔日一直等着我回话，但我默默地装无辜。

"你为什么要说你是我？"

他说得很轻，没有发火。他要指责我那也是完全正确的。然而，我睡了父亲的情人，让人以为或任别人相信我就是塞尔日，让他们俩闹不和了。按照塞尔日的脾气，他应该会揍我一顿。然而，他现在仅仅问我为什么。

"她把我当作了你，所以我什么都没说。我不觉得……"

"行了。"

他原谅了我。确实，没有这段故事，他是不会回到尼

85

科尔身边的。难怪我觉得他太快原谅我了。从内心来说，我宁愿他向我扑来，用锋利的冰鞋打得我面目全非，但他只说了这么一句："行了。"

我重新滑冰，朝家里的方向滑去，身后传来塞尔日冰鞋的吱嘎声。他赶了上来，然后大步流星地超过了我，我想追上他，但他的速度太快了，而我的腿又太短，所以他很容易就与我拉开了距离。当我来到屋前时，他已经脱下冰鞋，开始爬坡了。

他把我打败了。如果这样能使他高兴，那也挺好。我并不觉得自己丢了脸。

***

母亲加热了两个速冻的馅饼和一大盒小豌豆——质量最好的、味道最好的小豌豆。今天是圣诞节，管它贵不贵呢！当我走进餐厅时，塞尔日已经坐在桌边，一边是尼科尔，另一边是玛侬。我在他们对面坐下，父亲则坐在长桌的一端看报纸。

问题是尼科尔引起的，她说：

"我觉得孩子长得不够高。"

"对女孩来说这问题不是太大。"母亲回答说。

"而且，看看矮子，这并不妨碍他找女朋友啊。"哥哥嘲笑说。

"啊？是谁啊？"

母亲向我转过身，显然非常高兴。她的小儿子终于找到了女朋友！

"我认识吗？"

我生气了。她想知道名字，好像并不完全相信我有能力吸引女性似的。有点儿过分了，我得给她展示我和女孩在床上的照片。我开始想报复全人类了。

"认识。"我盯着尼科尔的眼睛。

"是谁？"母亲又问。

尼科尔清了清嗓子，看着桌子底下：

"你们看见小家伙的鞋子了吗？"

她想改变话题的企图太明显了，非常不自然。塞尔日怀疑地看着她，母亲意识到了，也感到惊奇，敏锐得让我都不敢相信。

"不是尼科尔！"她大声地说。

长时间的沉默。大家都看着我嫂子，甚至包括我父亲。他应该开始担心了，再这样谈下去就要出问题了。我知道我应该否认，或者说是隔壁的那个孩子，一个满脸青春痘、让人厌恶的胖女孩，可我都说不出她的名字来。但另一方面，我对事态的发展并不感到生气。这样我就可以报复塞尔日了，让他知道滑冰比我快又有什么用，我并不像他以为的那样是个矮子。我低下头，好像难为情似的。

"就一次，在塞尔日回到这里来住的时候。"尼科尔嗫嚅道，她以为迅速承认就可以避免事态恶化。

"太让人恶心了！"

塞尔日向我扑来，掀翻了桌子，碗碟乒乒乓乓砸了一地，我连同椅子摔了个仰面朝天。尼科尔带着女儿逃到客厅里，母亲勇敢地冲上前，想把我们分开，但她踩在了散落在亚麻油毡上的小豆子，滑倒在地。父亲坐在椅子上，好像不存在似的。

"吉内特难道还不够吗？"塞尔日抓住我的头往地板上撞。

"吉内特是谁？"母亲从地上爬起来，问。

大家沉默了一会儿，塞尔日也许后悔自己讲得太多了。我想利用这个机会从他手中挣脱出来，但没有成功，只是不由自主地往他鼻子上打了一拳。我抬起头，看着父亲，他脸色苍白，现在，他可能怀疑他的两个儿子都跟他的情妇睡过觉。

"谁是吉内特？"

母亲一定从父亲的态度中猜到了什么，因为，这回轮到她说话了。

"就是旁边的那个女孩，"父亲可怜巴巴地说，"你知道，就是开纽扣店的那个。"

"她叫玛丽-路易丝。"母亲纠正道。

"应该不是她。"父亲说，他想证明自己不善于撒谎，那是跟他的职业和身份不相符的。

"吉内特到底是谁？"母亲不依不饶。

父亲只露出一副完全有罪的样子。

塞尔日捂着自己的鼻子，检查了一下流血的地方，然后猛击我的下巴。我开始反击，用膝盖去顶他的睾丸，没有命中目标，反而激怒了他。

"除了干那些坏事，你还想弄碎我的蛋蛋！"

他重新站起来，抓住我的衣领，把我拉起来，拽向他，摇晃着推到房间中央，好冲得更远，然后透过在这个季节肯定关着的玻璃门，把我扔了出去。

***

半小时后，玻璃匠已经在修窗了，巴齐内-雪佛兰-奥兹莫比尔-凯迪拉克是他最大的客户之一。

母亲原谅了父亲，父亲向她保证再也不见吉内特了。"我不过是叫了一个比萨饼，然后跟她喝了一瓶啤酒。"他解释说。母亲保证冰箱里永远存放比萨饼，虽然这是她唯一讨厌的速冻食品，但如果这能让她的男人高兴……

尼科尔往塞尔日的鼻孔里塞了棉球，替他止住了血。

我呢，大腿可能被打断了，总之，痛得要命。我在等救护车。

***

在索莱尔中心医院，我和另外三个病友同住一个病房。父亲还是那样，沉默寡言，他站在病房的窗前，只说了一件事情：

"这好像是我父亲的病房。"

"所有的病房都一个样。"母亲反驳道。

"我觉得窗外的景色也一样。"

为了改变话题，母亲信誓旦旦地对我说，塞尔日不恨我了，尼科尔也同样。我在想，塞尔日都打断我的腿了，他还能怎么恨我。至于尼科尔，她更不可能恨我。让别人盘问了几句就招供的毕竟不是我。

"结果好就一切都好。"母亲这样总结道，站起来想走。

我打了石膏的腿挂在半空，用一个秤砣拉着。我在想，到底是什么东西结束得那么好？

***

尼科尔也来看我了。

"怎么样？"

"不太坏。"

我似乎觉得用不着恢复健康。脚上裹着石膏，鼻子上绑着绷带，我肯定足以让人同情了。

"我非常高兴。"她这样说。

两人沉默了一会儿。我在想她为什么那么高兴。

"塞尔日好多了，他不再喝酒了。"

她终于意识到我的不幸，我也许没那么多理由高兴。

"回想起来，这一切都是我的错。"她补充说。她有点儿伤心，也有点儿骄傲。

我想好好回忆一下，我住院是不是真的因为她。好像是，但也许不完全是。可能我和塞尔日到了该打一架的时候了。不过，想到两个男人是为了她而互相残杀，她开心地笑了。我从来没有见过她这样笑，哪怕是在床上。

我没有反驳她，只希望她能弯下腰来，给我一个温暖、湿润的大大的吻。如果我能劝动我的三个病友到吸烟室去抽根烟，甚至有可能……

"怎么样，矮子？"塞尔日也进来了。他把尼科尔放在医院门口，自己去买花了。他不好意思地把花递给我，小心地道歉：

"这是尼科尔的主意。"

＊＊＊

吉内特把一个餐盘放在我床尾的一张小桌子上。

"你到这里来干什么？"

"我来送餐。"

"很久了吗？"

"两三年了。"

短暂的沉寂，她转动机关，升高小桌子，把它推到我跟前。

"你父亲告诉我了。"

天哪！他又见了她？

"在电话里。"吉内特马上解释说，"我再也不会见他了。"

她靠近我，轻轻拍打着我的枕头。

"一切都是我的错。"她又用充满歉意的声音说。

这次，我努力回忆是否因为她我才挨打的。我觉得是这样的，要不，再加上尼科尔。但我没有把事实真相告诉她，因为这种想法好像让她挺高兴的。

她站在我的床边，抓住我的手，把它举起来，紧紧地靠在她胸前。我似乎透过她薄薄的白色制服感觉到她的心跳。她的眼睛里噙满了泪水，眼看就要流到脸上。

"待会儿见。"她说着松开了我的手。

"好的。"

我并不知道自己是否想再次见到她，除非是为我带吃的东西来，但说声"好的"并不费我什么事，而且，好像也会让她感到高兴。

她出了病房，三个病友都看着我。用羡慕的目光，我觉得是这样。

"那是我父亲的一个朋友。"我说了这么一句，作为解释。

妈的！我忘了问她是否堕胎了，是否因我而怀孕，或者她是否怀孕了，或怀过孕。

我一边吃着牛排，一边迅速地劝自己，最好还是把这些都忘了吧！

***

我下坡走到河上，胳膊底下夹着支架，一手拿着我还没用过的冰钻，然后重新上岸，去拿剩下的一半杆子，全都是新的。我并不想用它们，但不想让任何人以给我送杆子为借口而打乱我的计划。

我靠在支架上，成功地操作着冰钻。阳光很刺眼，我不得不眯起眼睛。雪还不厚，洞钻得比我想的要快得多。在厂里磨得很锋利的钻头发出清脆的响声，钻着冰层。第二个洞钻得比第一个洞还要快，也许只花了十秒钟。

我敢肯定他们在厨房的玻璃门后面看着我。那天是星期天，父亲坐在桌前，面前放着一本摊开的地方周刊，母亲从冰箱的速冻格里拿出冰冷的周日馅饼。塞尔日、尼科尔和他们的女儿1点钟之后才会来，我希望在他们到来之前能挖好几个洞。在那上面看我的人越多，我的计谋被识破的可能性就越大。

我继续操作螺旋钻，洞与洞之前只隔开几厘米。我想象上面有人在厨房里看着我，心里不断地提问。首先问："洞与洞之间为什么离得这么近？鱼线会缠在一起的。"过了一会儿又问："只有六副杆子，为什么要挖这么多洞？也许是想尽量少在支架上移动？"希望父母的想象力没那么丰富，想象不出难以想象的东西。

终于，我停止了钻洞。我数了数，我在四周钻了二十三个洞，几乎都能互相碰到。我想象母亲正在厨房里，一边擦着玻璃窗，一边问父亲："哎，你能不能告诉我，小不点儿为什么这样在冰面上跳来跳去？他会把自己的腿跌断的。"

其实，这正是我所担心的。我希望脚底下的冰层不要自动塌陷。现在，我才发现一条腿打着石膏，要在活动的冰面上跳动很不容易。我仰面跌倒了两次。后来，情况好转，我能更好地控制自己的跳跃了。我给冰面以越来越大的压力，最后，咔嚓一声，冰裂了。与此同时，我听见有人大喊：

"小不点儿，赶快住手！"

那是塞尔日的声音，来自很远的地方，好像是来自特拉西的另一头——圣劳伦斯河而不是黎塞留河边。

我跌倒了，重新爬起来，接着跳。冰层又发出咔嚓声，这次，声音响了很久，像是悲惨的怨言。冰层开始动了。

"矮子，别做傻事！"

奇怪得很，塞尔日的声音好像比刚才那声还要遥远，似乎来自河对岸。我接着跳。终于，冰层塌陷了，我所站的那块冰摇晃起来，但没有像我希望的那样翻倒，也没有陷下去。

"快上岸，矮子！"

这回，塞尔日的声音很近。我得加快行动。我跌倒了，又站起来，并着双脚起跳。那条受伤的腿真是讨厌，很可能又断了，总是力不从心——我已经很靠近那块薄薄的浮冰了。这次，成功了。我所在的那块圆冰翻转了，我掉到了水里。水并不像我原先以为的那么冷。一阵水流袭来。我抬头望着天空。透过冰层，我看到了一道漂亮的金光。我张开嘴想呼吸，却忘了自己为什么要呼吸，但我没法不这样做。总之，这行不通。我呛了一口水，把它吐了出来——可能又呕吐了——但接着又呛了一口。

好了，我正在死去。我死了。终于，一了百了了。

＊＊＊

我醒来了，发现自己躺在冰上。塞尔日从来没有做过人工呼吸，却以独特但效果显然并不差的方式口对口对我进行人工呼吸。

"他还活着！"父亲大喊道。

他们把我抬到了家里。母亲一定要让我泡个热水澡，父亲打电话叫了救护车。我看见塞尔日光着身子，脱掉冰冷的衬衣。尼科尔在哭，玛侬用我从来没有见过的伤心的目光看着我。

"我要留着它。"母亲说。

她说的是玛侬和尼科尔给我织的围巾，它缠在了斜放在洞口的螺旋钻上，救了我的命。没有它，塞尔日是抓不住我的，那样我就会死了。妈妈打算把这条可恶的讨厌的围巾当作宝贝保存起来。

＊＊＊

我回到了我三天前离开的中心医院。滚烫的浴水让我感到有点儿灼痛，湿透了的石膏又重新换掉。

吉内特又来看我了，然后是尼科尔（塞尔日没有来，他稍后应该会来看我的）。她们都问是不是因为她们我才这样做的。真是烦人。吉内特第一个问。我回答说，是的。她马上就泪如雨下，说如果我愿意的话，可以跟她一起生活。我说我会考虑的。回答尼科尔时，我有了经验，说，我企图离开这个丑恶的世界跟她毫无关系。她好像并不相信，也哭了起来。

＊＊＊

我重又回到家中，裹着雪白的新石膏。我慢慢地思考着。那几天，我光顾着思考了。以前，我在那里能津津有味地看书，因为没别的事情可做，但在母亲从图书馆给我借来的书中，我找不到什么好看的书。母亲对书一窍不通，她是随手拿的。

"好像这是最近获孔古尔奖[①]的书。"她充满希望地说。

但获今年龚古尔奖的书我看了两段就感到厌烦了，去年的获奖作品也同样。

我整天整天地思考，甚至往往不知道自己在想什么。

我久久地掂量我此生的各种可能。死并不是最可怕

---

① 母亲不懂龚古尔奖，说成了孔古尔奖。

的，跟吉内特同居也同样。我更想要尼科尔，但这是不可能的。她首先必须跟塞尔日分手，这也并不是完全没可能。如果我去求塞尔日，他也许会同意——我相信他是个好兄弟而不是个好丈夫，但也有可能他会给我一顿揍。

我也可以一个人过日子。我好像天生有本领过这样的生活，我在牢里过了七年，除了小伙子和成年男人，没有任何女性。我从来没有过什么女朋友、情人、情妇之类的。我跟父亲的情人睡过一次，又跟哥哥的分居的妻子睡过一次。七千多个日日夜夜，我一共才两次。然而，我不能想象没有女性的生活。

我一拆掉石膏，就可以回到巴齐内-雪佛兰-奥兹莫比尔-凯迪拉克公司去干活，继续住在这里。他们给我在索莱尔找到一个便宜的套间——这并不难找。跟母亲一起住好还是独自一个人住好？我也可以去参军，尽管我怀疑自己的身高可能不达标（我对此不感兴趣，所以都懒得去核实）；或者到别的地方去找一份工作，但我真的不知道去哪儿找，我又能干什么；或者去申报失业，再或者去银行取出我剩下的9000加元，然后出去旅行……

总之，想了这么多天，最后得出一个总的结论：对于一个还不到28岁的年轻人来说，未来有无限的可能性，可我宁愿只有一个，但这一个不能太差。

叔叔的百万加元

第七章

　　终于，我的石膏拆掉了。今天上午，我的那条腿可以活动了，尽管它已瘦得不成样子。从医院回来时，母亲给我端来一块甜馅饼，糖刚刚融化。我对父母说：

　　"我知道自己要做什么了。"

　　他们朝我转过身，目光中充满了希望和无条件的赞同。我终于决定要做点儿事了。我将做个计划，他们会全力支持，哪怕我是要去登珠峰或是去贩毒。

　　但父亲却说："如果你愿意，你可以回巴齐内-雪佛兰-奥兹莫比尔-凯迪拉克公司。"

　　母亲恼怒地扫了他一眼，暗示他说，他的小儿子肯定能找到更好的工作，而不是回到他的车间去干脏活。

　　"我会找到杀死奶奶的凶手。"

　　我期望得到热烈的支持。对大家来说，终于弄清谁是真正的凶手，这不是件好事吗？那样，我就得以昭雪了，家庭的耻辱也会洗去。我知道，在特拉西，许多人宁愿买福特和普利茅斯，也不愿跟父亲打交道。谁让他雇佣了杀他母亲的儿子呢？当真正的凶手被送上法庭，我们全都会前所未有地高兴和畅快。搬掉沉重地压在我们家庭生活和我个人生活中的石头，大家都会松一口气。

可是，我撞上了一堵冷漠无情的墙。

"看你自己吧。"父亲轻声说，"不过，如果警察都找不到，我看你也……"

"我觉得你最好还是忘了它，"母亲毫不犹豫地阻止我，"这能给你什么好处呢？我们无法让死去的人复活。"

我没有争辩。难道他们一直都认为我是杀死奶奶的凶手？那我要向他们——向他们和全世界证明，事情恰恰相反。

***

阳光灿烂，再也不可能在家里多待一天。我沿着河边一路行驶，充满信心，父母的怀疑丝毫没有影响我的心情。

我远远地看到了蒙特利尔摩天大楼的影子，它们形成了一个隆起的肿块，从这个角度看去，跟它们右边的王家山楼群很像。它们压不垮我，相反，我要向它们发起进攻——挫败阴谋，克服困难，越过障碍。我是打败歌利亚的大卫①。

　　我将从头开始调查。只要没有找出杀害我奶奶的凶手，没有将他绳之以法，我绝不放弃。我不但要恢复自己的名誉，而且还将成为一个英雄。人们最终将承认，这是一个司法错误，我是这一错误的受害者。罪案发生十多年之后，我终于抓到了那个一直逍遥法外的杀人犯，他很可能在那之后又杀了其他人，甚至还让别的无辜者受到了审判。谁将最后揭开这个可怕而又令人兴奋的真相呢？也许是被误判的人当中年龄最小的那个！人们肯定会在警局给我一份工作，尽管我的身高达不到规定的要求。我当然会接受，因为这类工作非常吸引我。也有可能不接受，我将自己开一家私人侦探社。"抓住杀死他奶奶的凶手的那个小个子男人"破了最难破的案，出了名，成了富翁。世界上最漂亮的女孩纷纷争抢他，他将撰写回忆录，电视台将根据他的历险故事拍系列片。还有更棒的呢：彩色宽银幕电影。我由史蒂夫·麦奎因②扮演。我在什么地方读到过，他的身量也不高。尼科尔曾对我说，他跟我有点儿像。就是那次说的……

---

① 据《圣经》，歌利亚是一个巨人，力大无穷，谁见他都躲，不敢应战，但牧童大卫用投石弹弓击中了他的脑袋，并割了下来。

② 史蒂夫·麦奎因（1930—1980），好莱坞硬汉派影星，多次被提名为全球奖和奥斯卡奖的最佳男主角，1973年出演的《巴比龙》被誉为"影史上最伟大的越狱电影"。

＊＊＊

　　我从蒙特利尔市中心医院开始调查。我奶奶就是在那里被杀死的。我得去现场看看，因为我对那个病房已记不清了，除了313这个房间号码。我要去查阅病历，虽然不知道在上面能找到什么，但多了一个去那里察看的理由。

　　说实话，我之所以从市中心医院开始，是因为除此以外，我根本不知道该怎么办。接着，我期望这第一步会给我新的启示。比如，找到克莱芒探员，或者讯问爱德蒙叔叔。自从在公证人那里见过之后，我就再也没有见过他们。

　　我精心准备了远征的第一步。我将谎称是市中心医院特朗布雷医生的儿子，想查看我奶奶的资料，因为父亲在给他患了同样疾病的姐姐治疗。什么病？我不知道，我又不是医生，只不过是一个忙得不能亲自来查阅资料的医生的儿子。要尽量把资料带走，如果遭到拒绝，那就现场查阅。

　　第一步非常容易：找到病历。一进门（十年前，我跟母亲就是从这扇门进去的），我就看见一块黑色的小牌子，上面写着"档案室"三个白色的字，还有一个箭头。我按照箭头指引的方向，一直来到一座楼梯前，下了一层楼，根据别的箭头继续往前走，看到了一扇门，推门进去。

里面的尘土味很重，好像还有点儿福尔马林或酒精的味道，但一个人都没有。我向一个柜台走去，那里有个带呼叫按钮的小铃。我觉得礼貌起见，最好还是先轻轻地咳嗽几声。一个跟我母亲年龄差不多的女人走过来，穿着医生那样的白大褂。也许她就是个医生。那最好，如果病历上有什么我看不懂的，可以问她。她脖子上挂着一个身份牌：西蒙娜·辛克莱。

她把一沓资料放在柜台上，从拿在手里的单子上方抬起头，透过眼镜看着我。我等着她问我，但她没有问，于是我便带着我所拥有的自信对她说：

"您好，辛克莱医生。是特朗布雷医生叫我来的。"

"他是中心医院的吗？"

"是的。"

"没这个人。"

倒霉。我在什么地方读到过，说在魁北克，有差不多10万人叫特朗布雷，所以在蒙特利尔中心医院不可能连一个叫特朗布雷的医生都没有。可是，我弄错了。幸亏，我有预案。

"是索莱尔中心医院的。"

"哦，原来是这样。"

我甚至已经准备好让她去打电话核实。我会把家中房间里的电话号码告诉她，我已预先告诉母亲，如果今天我的电话铃响了，不要去接。我当医生的父亲可能跟他的秘书出去午餐了，正因为如此，我才在中午时分来。当然，母亲有可能忘记我跟她说的话，或者忍不住好奇，想知道会是谁给她儿子打电话。不过，不入虎穴，焉得虎子⋯⋯

"我想查阅布朗什·巴齐内的病历，她死于19⋯⋯"

"只有医生才有权查阅病历。"

"可我父亲没有时间。"

"他想知道什么？"

"我不知道，他在给他姐姐巴齐内夫人治病。"

"他可以打电话来。"

"他不喜欢打电话，他结巴。"

我真的什么都想到了。成功了。那女人查阅了一个巨大的木头档案箱，里面有许多小格子，然后走开了足足5分钟。临走之前没忘了把档案放在柜台另一头的一个抽屉里，让我够不着。她回来后，说：

"布朗什·巴齐内⋯⋯"

我试图看清她当着我的面翻开的那个厚厚的案卷，但她把案卷竖了起来，怀疑地瞪了我一眼，然后翻了几页，看了几行。

"天哪，她是被谋杀的！而且是在医院里。"

"啊，是吗？"我假装不知道。

"被一个10岁的男孩。是的，我想起那件事来了，是她的孙子。快十二年了。您多大？"

"25岁。"

把自己说老5岁并没有达到预想的效果。

"如果是您杀了您奶奶，您为什么还来查阅她的档案？"

我没有回答，因为我根本没想到她会这样问我。那女人继续翻阅档案，不时用讯问的目光扫我一眼。

"您是无辜的？"

我点点头，想挤出一丝相应的微笑。

"您想在她的档案中找到什么东西来证明自己的无辜？"

"是这样。"

她接着会怎么做？报警说有个年轻人冒名顶替来要档案？把我当作一个骗子赶出门外？大喊抓凶手？因为根据档案，我确实就是凶手。但事实完全不是这样……

"从这里进来，我们去看看。"

她掀起柜台的挡板，让我进去，我走到她的身边。我们查了整整一小时。想到自己在帮助一个被司法误判的无辜者，她非常激动。但我并没有得到什么新的线索，大多数东西我都已经知道。

我奶奶死于乳腺癌。当她被杀死的时候，医生们已经预计她活不了几个小时了。法医的报告指出，伞尖刺穿了下腭和喉结，但在这之前她头上先挨了一击。鉴于我奶奶的健康状况，头上的那一击足以要她的命。

"在我看来，"辛克莱夫人说，"这不是专业人士干的。雨伞不是合适的工具，很难操作。要是我，我会干脆割喉。一刀下去，嚓的一声，两秒钟就完事了。所以，年轻人，这既不是医生干的，也不是护士干的。"

"也不是医疗档案员干的。"我心想。

***

撇开"年轻人"这一称呼，我觉得西蒙娜·辛克莱夫人还是挺可爱的。离开中心医院的档案室时，我心里乐滋滋的。关于奶奶之死，我没有打听到任何有用的东西，但我高兴地发现，还是有人相信我是无辜的。

我回到了一楼，乘电梯到了四楼。还是十二年前的那个小个子男人开电梯让我上去的。我现在比他高一点儿了，我并没有开电梯，这让我更加高兴。我沿着左侧旧翼一条长长的走廊往前走，我对这里已完全没有印象。然后，我走进较新的一侧，来到313号病房前。房门关着，我正犹豫着要不要推开，突然想起有两个313号病房。这个应该是第一个。我继续往前走，又走进一个侧翼，我认出它来了。屋顶平台上，有几个穿着睡袍的女人。我有点儿尴尬，因为现在显然不是探访时间。不过，工作人员太忙了，没有注意到我。

终于到了313号病房。我要找的那个。

房门半开半掩，我溜了进去。床上睡着一个老太太，鼻子上插着管子。一时间，我觉得那就是我奶奶。当然不是。我走到病房中央，无意之间朝床底下看了一眼。十多年了，连灰尘都没有，更不用说遗留下什么痕迹了。随后，我推开厕所的门。我来寻找什么呢？浑然不知。我突然觉得自己就像是一个回到犯罪现场的凶手。

看到抽水马桶，我的记忆恢复了，胃也被唤醒了。我想吐，但千万不能吐在这里，不能吐在313号病房里。我很快就跑到走廊里。在一个玻璃门后面有一个楼梯间，我推开门，三步并作两步下楼，几乎是跑着回到我的出发点。

我坐在门口的台阶上，面对着让娜·芒丝的雕像。我的胃回到了原位。我对313号房间的回访时间太短了，无法发现什么。但不管怎么说，它也不可能给我任何线索。我不会再回去了。

现在是下午一点半，不可能现在去找克莱芒探员。我最好先吃口东西，他可能也正在吃午餐。我把车停在医院的停车场里，徒步来到圣德尼路。我跟哥哥来过两三次，在那里通宵达旦。

这是3月里非常美好的一天，只有蒙特利尔有这个本领。六天前，雪堆才开始融化，突然就烈日当头了，人们都差点儿以为夏天到了，尽管大家都知道还会下雪。

我在咖啡店的露台上坐下，拉门开得大大的，一个伙计马上跑过来问我有没有身份证，在让我点啤酒之前要检查我的驾驶证。

我的心情大好，以至于觉得坐在我四周或从人行道上走过的女孩都比特拉西和索莱尔的女孩漂亮得多。确实，我上次见到她们的时候，她们还穿着冬装，没有卸下重负。而且，我那时也想不到会得到一个新盟友的帮助，要找出杀害奶奶的真正凶手。辛克莱夫人虽然没能帮我很大的忙，但她起码能相信我是无辜的，这就证明我是无辜的，或可能是无辜的。

尽管我多次长时间闲逛和喝酒，但都是在晚上七八点之后，而且都是吃饱饭来的。作为一个能喝啤酒的人，我是能自我保护的，但同时喝很多、喝很久，我还缺乏训练。有经验的喝酒人喝一整天酒也不会难受，只是口齿有些不清、昏昏欲睡罢了。所以，我得慢慢来。不过，在圣德尼路的这个咖啡平台上，啤酒很好，阳光灿烂，西蒙娜·辛克莱支持我，姑娘们很漂亮，十年来，也许是从我出生以来，我第一次感到与这个世界握手言和了。

＊＊＊

我恢复了意识，和衣躺在床上。对于那天下午，我只有一点儿朦胧的印象；而对于晚上，就一点儿也记不起来了。一个不是很漂亮但也不难看的姑娘过来跟我搭腔。

"你知道吗？我也是男的。"她脱下高跟鞋对我说。

这些话没有马上就进入我乱糟糟的大脑。我看着她——或者说看着他——继续脱衣服。但他站在我面前（是的，毫无疑问，是"他"），与他的黑色尼龙袜子相配的粉色束腰吊袜带上方，黑毛丛中垂挂着他的性器官。我完全明白这是什么意思。

我被关的那几年是我的童男阶段，除了星期天母亲泪汪汪地在会客厅跟我说话，我的生活中没有任何女性。那时，我曾对自己的性取向产生过怀疑。但回到真正的双性社会中以后，我就丝毫不怀疑了：只有女性才能吸引我。而且，我跟尼科尔和吉内特的短暂关系也证明，女性的诱惑会给我带来愉快和满足。一段时间以来，我甚至穿着一双鞋底加高的鞋子——我是在拆掉石膏的那天买的——据说可以让我增高一点点，尽管事实证明，至今为止毫无作用，除了对那个被我当作女人的男人，因为我和他差点儿上床。

他让自己的束腰吊袜带落下来，坐在门边的椅子上，准备脱袜子。

"不，我不知道是这样的。"我最后结结巴巴地说。

"让你不自在了？"

我身材矮小，比正常人对别人的残疾敏感。我很不愿意伤害这个人，他肯定不是故意要变成这样的，但我不知道不这样又能怎么办。

"是的。"

我答道，并装出伤心的样子。

他刚刚脱掉第一只袜子，正双手抱腿，准备脱第二只。

"好吧。不过，要付50块钱哦。"

什么？我会答应一个女孩给她50块钱跟她睡觉吗？我很吃惊。那种地方我去过几次，那些职业女性是为钱而来，但我总是拒绝事先给钱，也一直不收她们的钱。我心想，将来有一天，当我变得又老又小的时候，我也许会这样做的，但不会在20来岁的时候就付钱。说心里话，我更愿意是引诱而不是接吻。一旦付钱，就证明自己没有魅力了。

"我说过我要付钱吗？"

"说过，而且还当着大家的面。"

他站起来，摇晃着身体，用手掌在墙上拍了三下。几秒钟后，门开了，进来一个人，比我高不了多少，但比我宽两倍，尤其是肩膀。

"有什么不对劲吗？"

"他不想付钱。"他把第一只粉红的袜子穿上，好像想让人相信我们一起做了什么。

"你不想付钱？"

"可我们什么都没做。"

"我们有的是时间。"他停止了穿衣服。

"我不知道他是个男的。"

"这就是你的问题了。"那矮胖子笑着向我走来，"你只须看该看的东西。交50块钱。"

"不交。"

哪怕是烂醉如泥，最好也还是交这50块钱。可我才20来岁，仍然相信金钱比生命宝贵，因为我钱不多，但未来的岁月还很长。我站起来，准备捍卫自己的钱包。矮胖子走向前，笑着伸出手，显然是以为我要给他钱。我摇摇头。很快，向我伸来的手变成了拳头，击在我的左脸，我的脑门撞到了墙上，我跌跪在地。

他弯下腰，从我的裤带里抢走了钱包。

"只有两块钱。"

"狗娘养的坏小子！"他的伙伴刚刚扣好罩衫的扣子，低声骂道。

矮胖子直起腰来，朝我裆部狠狠地踹了一脚，表示同意他说的话。

＊＊＊

旅店老板——这是一家接待当地游客的旅店——也报了警，因为我没办法付他房钱。我被带到了中心警局，他们把我推进多人牢房，里面全是酒鬼，其中有许多被警察或陌生人打了，要不就是被陌生的警察打的。

我觉得他们很让人恶心，直到我发现自己喝得跟他们一样多，而且我衣服上的血也比他们多。

不过，我完全酒醒了。在牢房隔壁的一个小单间里有部电话机。一个40来岁的男人，穿得像是父亲公司里的销售员，在大声地说话，告诉对方他被抓了，因为"喝了饮料"，必须赶快来接他，千万不要告诉玛德莱娜。我等着轮到我打电话，但那个穿得很体面的人把同样的事情重复了起码二十遍。我打消了给塞尔日打电话的念头，怕刚好碰到尼科尔接电话。至于打电话给家里，对母亲说："妈妈，我进了牢房，但这没关系，这次，我没有杀死任何人。"我觉得这是不可能的。如果碰巧是父亲接电话，我也不可能对他这样说。

于是我坐在墙边的长凳上，水泥墙隐约可见一些涂鸦。牢房对面有些警察在聊天，看到他们，我想出了一个办法。我站起来，一直走到铁栅栏跟前：

"我要跟克莱芒探员说话。"

　　警察们没有马上停止聊天——如果我没弄错的话，他们说的是一个妓女，向一个穿制服的警察推销生意，但很不高兴，因为警察不但没有付她钱，反而抓了她。说完，大家都笑起来，过了一会儿，才有一个警察问我：

　　"是克莱芒·佩隆吗？"

　　他甚至懒得向我转过身来，以此表明我微不足道。

　　"不是，是克莱芒探员。克莱芒是他的姓。"

　　"你找他干什么？"

　　"告诉他诺尔芒·巴齐内想跟他说话。"

　　"你见过他？"

　　但这次他好像不是在跟我说话，而是跟走向电梯的另一个警察说话。

　　"他刚才好像就在餐厅里。如果我见到他，我会告诉他。"

　　"谢谢。"

＊＊＊

　　"是诺尔芒·巴齐内吗？"我立即就听出了克莱芒探员的声音。我要求见他还不到5分钟，他就已经在铁栅门口叫我了。

　　我站起来，走到他面前。

114

"比我上次见你，你长高了。"

我觉得他的声音当中有些像是爱怜的东西，而不是嘲笑。

"你想怎么样？想让我把你弄出去？"

"我想查看二十年来所有雨伞杀人案件的档案。"

他大笑起来，吵醒了不少囚犯。

"这请求不错！"

他转身看着那个正在用指甲钳剪指甲的警察。

"巴齐内为什么会在这里？"

"诈骗。"

"谁报的案？"

"圣伊丽莎白旅行旅馆。"

"你告诉他们案卷丢了。"

＊＊＊

一大早，我们俩坐在圣母路一个小酒吧里，面对着两杯咖啡。

"这么说，你要进行一场关于雨伞谋杀案的调查？"

"是的。我知道您不相信我，但这是真的：杀死我奶奶的不是我。"

"我早就知道。"

　　我想，我当时一定是惊呆了，否则，我会扑上去掐他的喉咙。不是为了感谢他：这个警察早就知道我是无辜的，却做了不利于我的证明，让我在跟监狱差不多的地方待了七年。

　　"让我解释给你听，"他非常冷静，好像每天都遇到这类司法错误，并且要向被判者承认，"起初，我还以为是老太太的儿子……"

　　"我父亲？"

　　"不是，另一个，长着小胡子的那个。"

　　"爱德蒙叔叔？"

　　"是的。当时，他和你母亲和两个老姑娘离开病房后，跟值班女护士调了一会儿情，但没有一个女护士一直跟他待在一起。她们来来往往的，我想，一定非常忙，或者，她们不想听他唠叨。"

　　我想象着那个场景：爱德蒙叔叔在跟女护士调情，女护士们尽量躲开他。

　　一时间，我想象爱德蒙叔叔就是凶手。这并不会让我不高兴。我现在还记得，他常常拿我的个子开玩笑。而且，他和我父亲一样继承了遗产，现在是圣于贝尔路一家大型服饰用品商店的老板。为了100万加元，我会追踪他……

　　"但你奶奶是在护士换班的时候被杀的，"克莱芒探员接着说，"这就让事情变得复杂起来了，要让大家的证词都对得上，这并不那么容易。不过，谁也没有看见你叔叔回到病房。几乎总是有一个或两个护士在值班。不可能是他干的，除非所有的护士都是他的同谋。"

再见了，叔叔的100万加元！

"在这之后，"探员接着说，"我又想起了你父亲。他说他在索莱尔，他父亲也快要死了，是这样吗？"

"是的。"

"他可以先把你哥哥送到那里，然后很快回到蒙特利尔，杀死他母亲，然后再去接你哥哥。"

如果让我选择，我宁愿是爱德蒙叔叔干的，但我不能说，父亲是凶手这一事实我绝对不能接受。我不恨他，但也不是很爱他。他确实很沉默、冷漠，甚至有些阴森，跟塞尔日完全相反——塞尔日充满热情，说话大声，不假思索。至于我，说实话，我更像我父亲而不像我哥哥。但如果说我们相像，那是他的错，而不是我的错。是父亲生了儿子，而不是儿子生父亲。想到他是凶手，将在监狱里度过余生，我并不会像刚才那么难受。

我在思考的时候，他试图喊女侍应过来，但最后还是放弃了。

"但你哥哥也不可能。起初，索莱尔停车场的那家伙认出他来了，信誓旦旦地说，他的汽车——是辆雪佛兰，对吗？——一直在那儿。我曾想过，他可以搭出租车。但那天，索莱尔没有一个出租车司机来往过蒙特利尔，甚至都没有人跑过单程。而且，还有一个女佣在3点钟的时候看见他在吸烟室抽烟，另一个女佣在4点钟左右看见过他。你奶奶是3点40分死在蒙特利尔的。所以，你哥哥也不可能是凶手。"

我放心了吗？也许。我跟父亲的关系并不是很亲密，尽管如此，好好想一想，我还是不太愿意让他在监狱里度过余生。

"其实，"克莱芒探员叹了一口气，说，"我所弄不明白的，是动机。不可能是因为钱，你奶奶先死还是你爷爷先死，这对遗产没有任何影响。我想，也许是一个虐待狂或是一个有怪癖的人干的。我调查了医院里的员工——女护士、清洁工，甚至医生，什么都没发现。我仔细查阅了那天在中心医院的所有病人的病历。病历有这么高，但仍一无所获。"

"雨伞呢？"

我显得有点儿不耐烦。克莱芒探员查阅了病人的一沓沓病历，但显然从来没有想到要查查其他用雨伞杀人的凶手，而这在我看来是首先要做的事情。

"是的，我查过雨伞的事。在蒙特利尔，只发生过一起雨伞谋杀案。一个日本女人把雨伞插进丈夫的肚子，杀死了他，但不是插在嘴里。"

"可雨伞就是雨伞。"

"她比你奶奶早死两年。"

倒霉。我们在寻找的凶手是一个我们完全不认识的陌生人，一时间，这念头深深地吸引了我。总之，这比我父亲是凶手好，甚至比爱德蒙叔叔是凶手也好，尽管那样的话我很快就能得到100万，但那毕竟是家里人杀了我奶奶。最后，我不得不面对现实，这个拿雨伞的外国女人自己都已经死了，她不可能杀死我奶奶。

"或者是住在蒙特利尔之外的人？并不是蒙特利尔才有雨伞。"

"我们发了常规的协查通报，毫无结果。"

我没有完全被说服，走着瞧吧！

"不过，我觉得有一点很明显，"克莱芒探员对雨伞不怎么感兴趣，他接着说，"你奶奶不是被一个有怪癖的人杀死的，也不是死于利益。"

他停顿了一会儿，我用询问的目光看着他。

"在我看来，这是一个复仇事件，某人恨她恨得要她的命。"

"我恨她没有恨到这种程度。"

"我知道。"

接着，他沉默了。我觉得他在犹豫，不知道是否要告诉我真相。

"我想知道一切。"

"你确定？"

"确定。"

"是你自己想知道的。"

女侍应终于赏脸过来了，他又要了两杯咖啡。等咖啡来了之后，他才接着往下说：

"其实，有个人恨你奶奶，尽管她从来不说。"

"谁？"

"你母亲。"

我大笑起来。说我母亲是凶手，这是我所听到的最滑稽的说法。克莱芒探员让我笑够了以后才说：

"你跟你的姑姑们谈谈，也就是那对孪生姐妹。"

"她们已经死了。"

"那就首先跟你叔叔谈谈，如果他还活着的话；然后再跟你母亲谈，如果她愿意坦诚地跟你谈谈的话。"

"她为什么恨我奶奶？"

"贫穷！为什么媳妇跟婆婆不和？有时，人们说这是不由自主的。可你奶奶是个不好商量的人，她把你父亲当作傻瓜，对他比对她的其他孩子更不好。你母亲爱你父亲，非常爱。这能感觉得到。他们还在世吗？"

瞧，这倒是真的——我母亲爱我父亲，我以前从来没有想到过这一点。我想不起来他们争吵过，母亲从来没有说过父亲的一句不是。父亲也一样。我所梦想的伟大爱情不是这样的，但我想有总比什么都没有好。到了三四十岁，如果我还没有找到更好的……

"总之，"探员说，"大家都告诉我，你奶奶是个很烦的人。而且，你母亲也在场，在中心医院。"

我突然冒出了一个反对的念头。

"母亲绝对不会让我替她顶罪的。"

我努力装出肯定的样子，其实心里并没有那么肯定，因为一种怀疑让我肝肠寸断：如果是我母亲干的呢？确实，她不喜欢她婆婆，甚至有可能想缩短自己的痛苦，或者给自己一个借口……

克莱芒探员长叹一声，一口喝掉已经不烫的咖啡，扬起手，想再要一杯，但女侍应正忙着给另一个顾客结账，他只好垂下手臂。

"开始的时候我就是这样想的，因为我找不到其他人。但为时不长。对于你母亲，我唯一的问题，是没有证据。谁也没有见到她，也没有听见她。而你的叔叔，见过他的人都记得他。你母亲却恰恰相反。她就像一株绿色的植物，或是一个落地式烟灰缸①，大家都知道她在那儿，但谁也想不起来曾经见过她。她一直跟其他人待在那儿吗？无法知道。"

我母亲是一棵植物或是一个烟灰缸？尽管如此……对呀，还真是有点儿，没有谁比她更不引人注意了。

"最后，我被迫放弃了调查。人们刚刚在雅里路的一个垃圾堆里发现了一个人头，我得去处理。此外，我不认

① 一种旧式烟灰缸。

121

为你母亲还会去杀别人，如果是她……"

那个女侍应终于朝我们这边看来。探员晃动着两个手指，还要两杯咖啡，尽管我摇摇头，表示我已经喝够了。

"但我没有完全放弃。如果放过所有不会再杀人的杀人嫌疑犯，那监狱里就空无一人了。人们付我工资，不是让我去制止别人杀人，而是去抓杀人犯。我只是暂时把案子放在一边罢了，而且，我在普拉茨堡遇到过你哥哥。你想起来了吗？在电影院里。"

"想起来了。"

"你对我说了什么？"

"说我很快就要11岁了？"

"是的。你奶奶死的时候你才10岁。我一直在想，让你母亲坦白的最好办法，就是让她相信，如果她不承认，她儿子将在监狱里度过一生。我首先想到的是你哥哥。要从索莱尔赶来杀死你奶奶，然后跑回去，他得开车才行，坐公共汽车时间太久，可他又不会开车。总之，我并不认为他真的会杀人。我只是想让你母亲相信，我可能会怀疑他。但这不适合他，你哥哥是个很逗的人，他不可能杀人。你母亲绝不会相信我会真的怀疑他。你呢，太小了，我还以为你只有7岁。7岁的杀人犯，简直是闻所未闻，但10岁就另一回事了。我知道你绝对不会被判刑的，但如果事情变得太过分，你母亲会大叫起来：'别烦他，是我杀了老太太。'"

我不敢相信自己的耳朵。

"您是说您认为我是无辜的，但最后还是把我送了进去？"

他没有马上回答，而是先喝了一大口刚刚送上来的咖啡。

"你的案子初审时，我就不信，我敢肯定你母亲会跳出来的。后来，随着案情的发展，我开始像大家一样相信，凶手可能是你。关于你，那个女心理医生讲了许多很有趣的事，而且，还发生了豌豆蛋糕事件……"

"您认为我会因为蛋糕里的一颗小豌豆而杀死我奶奶？"

"不，我不这么认为。我对什么都不肯定，或者说，我只肯定一件事：凶手要么是你，要么是你母亲，尽管我宁愿打赌是她。"

"然后您就让我进去了？"

"我想，如果她是凶手，你最好还是进去，不要让一个这样的母亲抚养。"

我们两人沉默了很长时间，避免双目对视。我们都看着那个女侍应，她正在擦桌子，好像那才是最有意义的事情。

"您现在怎么想？"

我们的目光一直没有离开那个女侍应。两人又沉默了很长时间。

"有一件事我一直非常肯定：凶手要么是你，要么是你母亲。"

他站起来，买了单，甚至没看我一眼就离开了。我呆坐在那里，看着我那杯满满的咖啡。

我只对一件事情感兴趣，那就是凶手不是我。

***

"你至少打听到什么了吧？"母亲说话的语气中充满了希望。

她假装希望我的调查能让我发现一些有用的东西！我在餐桌前坐下，浴缸放水时，她替我擦去脸上最后几丝血迹。

"没有。"

"我是怎么对你说的？"

我现在明白了，我去找杀害我奶奶的凶手，她为什么不那么热心。父亲肯定也知道此事，他是同谋，事前还是事后，这不重要。他任人把我送了进去，跟她一样都有罪。

现在，母亲在我身边忙前忙后，真像一个亲生母亲。

我不可能把我知道的事情告诉她。因为从蒙特利尔回来以后，我就开始制订复仇计划。我也不会让人抓住的。

其实，我也不完全肯定自己能平安地复仇，因为万一我母亲被杀，哪怕死于最普通的事故，克莱芒探员都会立即怀疑我。所以，一方面，我母亲必须死得很低调，平常得让蒙特利尔的报纸不会报道；另一方面，万一探员认定是我犯罪，也不能让他有任何证据。

这一计划对我来说并不简单，尽管我在教养所里学会了干坏事的许多技能，但毕竟没有学过如何弑母。

"难啊，矮子！调查可是伤脑筋的事！"

塞尔日刚刚进来，手里提着一个箱子。

"我跟尼科尔完了。如果你愿意，你可以要她……"

我什么都没说。我想了一会儿他送的礼物，因为我刚刚意识到，塞尔日可能也都知道。在杀死母亲之前，我可以跟尼科尔一道，对塞尔日进行另一种报复。他说得好听，我知道他才不愿意我跟他老婆睡觉呢！而且，我相信，他假惺惺地让我去追她，更多是一种暗中威胁，警告我不要去碰她。

哥哥的啤酒

第八章

　　母亲怎么也想不到，今年夏天，她家里住了一个整天只想着一件事的儿子：想办法杀死她。

　　圣诞节后，父亲就向保险公司为我申报了病假。他应该不太为我的健康担心，因为保险公司每个月都会把我的等额工资支付给他，却从来不派医生来检查我是否一直不能干活。其实，我从来就干不了真活。我想开跑车时，曾疯狂地努力过，尽管如此，机械对我来说还是太深奥了。其他事我什么都不想干，尤其是在父亲的公司里。父亲又让我去当销售员，可我知道商务代表是怎么回事，我根本就不想做那样的人。

　　于是，我大部分时间都待在家里。有时，我走出房间，想观察一下母亲，希望能找到办法，看怎样才能为我被玷污的人生报仇。母亲见我观察她，平静地笑了，充满了信任，就像一个女人感觉到自己的孩子爱她一样，因为他关注她。

　　我理解这种镇定。我从教养所回来之后，她的世界就恢复了正常。她的罪行得到了饶恕，没有留下任何痕迹，我让她回到了原来的位置。她像所有的好母亲那样，尤其是有罪恶感的母亲，总是设法让我高兴。如果我忘记叠被子，她会帮我叠，我常常忘记。她原谅我所有的任性行为，当我把衣服扔到脏衣服当中准备洗的时候，我甚至懒得把口袋里的东西掏空。她会代劳，把我从酒吧回来之后留在口袋里的硬币和纸币一一还给我。

有时，她正看着我，被我发现了，我感觉到她有些不安。这很正常。但她说话的时候，总是假装对我的前途充满信心："当你的情况有所好转的时候……""你会去上大学……""你会结婚……""你会有孩子……"

如果我听凭自己的理智或内心，我是会放弃的。但这种放弃，意味着背叛了所有被母亲残害的孩子。

弑母比人们想象的要难得多，哪怕你有十足的理由，尤其是你又不想被人抓住。如果你恨过之后对母亲还有点儿感情，那就更难了。

比如，我不想亲眼看见她死，所以排除了用刀或猎枪的可能。猎枪是塞尔日的，他出去的时候我常常在厨房里擦枪。

我必须远距离遥控犯罪。

"你在想什么？"我在寻找谋杀她的最佳办法时，母亲常常这样问我。

我回答说："没想什么。"只有一次，我是这样回答的："想你。"这话好像让她感到非常高兴。但下一次，我又像以前那样回答了："没想什么。"

***

说起来很伤心，但我对谋杀不是很有天赋。应该说，我在母系方面的遗传不是很强，我造成的唯一死亡——76号赛车手之死——其实是一个事故，也许是因为我的愚蠢，而不是因为我使坏。然而，正是这一事故最后给了我启发，我想出了一个能满足我复仇的愿望又考虑到我胆小的计谋。

母亲将死于一场不是我造成的意外事故。

也就是说，我不用搞坏父亲最新的那辆奥兹莫比尔的刹车，也不用在烤面包机上做手脚，让这台只有我母亲一个人使用的小电器短路。父亲、哥哥和我老是调整火力大小，所以她不让我们用。我也不会去采毒蘑菇，带回来一些鹅膏菌，我也吃一点点，以避免嫌疑，甚至会吃掉一半，但我很快就会吐出来，因为我的胃很敏感。

我不如让别人来干这事。如果我鼓励他们一下，这也完全正常。我哥哥塞尔日，光是他，就可以制造无数潜在的事故。自从离开了尼科尔，他酗酒越来越厉害，喝得越来越早。他也申报自己病了——心理和情感方面的问题，并在读了一本女性杂志上的一篇文章后做出了决定——整天待在家里。他每天10点到11点起床，开一瓶啤酒，坐着看电视，中午时分开车出去兜风，下午3点前后或第二天早上才醉醺醺地回来。

当母亲要我跟她一起去杂货店时，我便随口找个借口拒绝：我在等一个朋友的电话，他答应给我在报社找份工作（我在一份报纸上读到，记者是人数最饱和的职业，于是我正式决定要当记者）；或者不断重复"等一会儿"，等了半个小时又半个小时，直到我哥哥回来，那时我便对他说："塞尔日，你能陪妈妈去超市吗？我得洗澡。"塞尔日巴不得，因为如果只是开个车送个人，他还是很乐意的。母亲只好跟他一起，免得惹他生气或发火，尽管她知道他喝得太多了。我则在客厅里等，一手按着电话机，警察一来电话告诉我发生了事故，我便准备假装大哭（也许会不由自主）。但母亲每次和塞尔日回来都安然无恙。塞尔日要我帮他把从杂货店采购的东西从车上搬下来："你怕累？"他发现我闷闷不乐的，就大声嚷嚷道。

***

父亲买了一艘所谓的游艇，其实是艘马力一般的机动船。以前我们只有一艘韦歇尔①制造的三个座位的小船，

———————

① 加拿大魁北克省城市。

马力很小。

我想，父母认定这艘游艇能帮助我走出长期的抑郁。冰钓失败似乎并没有让他们明白什么都没有用。塞尔日自从开车以来，成了罚单大王，他觉得开家里的船出去是最省钱的办法，所以常常光顾贝勒伊、尼科莱河边的众多酒吧。

我从中看到了一个除掉母亲的新办法。

但这并不那么容易，母亲不是很喜欢坐新船出去溜达，她觉得船的噪声太大。而塞尔日也不太想跟母亲一起在他喜欢的小酒馆露面。

可今天是6月底的一个好日子，绿色的树叶从浅变深，风停了，太阳还没有升到头顶人就感到渴了。塞尔日喝酒喝得比平时更早、更多。我把他拉到我房间里说话。

"你为什么不开船带母亲去逛逛？"

"她不愿意。"

"你逼她就行了嘛！"

"我宁愿自己一个人去。要么我们三个人一起去？"

我假装很为难：

"我去不了，因为……"

"去吧，我们去岛上吃白葡萄酒烩肉。吃完我们把妈妈送回家，然后去女士酒吧。"

"不去，我要待在家里，我要等人。"

"哦，是吗？"

他终于懂得了我想让他明白什么，马上就露出了同谋的笑容：

"好吧，妈妈由我来负责。"

"我敢肯定她会喜欢白葡萄酒烩肉。"

"那也得饭店里冷藏有货……"

他去找母亲。我不知道他是怎么跟她说的，也许他不断地向她重复我对他说的话：我在等一个女孩。母亲同意跟他一起出去。我在饭厅旁边的阳台上看见他们上了船。塞尔日总是把救生衣忘在箱子里。母亲试图穿上自己的救生衣，但穿不上，于是要塞尔日帮她。马达已经发动起来，塞尔日什么都听不见，从口袋里掏出啤酒塞到嘴里。游艇向前冲去，扬起一道水柱，差点儿碰到旁边一艘正不慌不忙地行驶的帆船。驾驶帆船的人扬起拳头，肯定在诅咒他。

我坐在一张塑料椅子上，突然平静下来，相信自己的计划会获得前所未有的成功。

***

时间一点点地过去。我让拉门开着，以保证自己能听见电话铃声。我打开收音机，听索莱尔电台，当地的社会新闻基本都能在那儿听到。这也是克洛德·西古安的节目。夏天总是他值班，老是放我讨厌的乡村音乐。可如果想及时知道我母亲死亡的消息，就必须做出一些牺牲。我想，如果下午4点塞尔日没有和她一起回来，他们就肯定出了事；到了6点钟，如果还是没有消息，我会通知水上警卫队。无论他们发生了什么，那时要救他们都已经太晚了。

＊＊＊

4点钟的时候，河上的交通非常繁忙，船只速度很快。一半驾驶员喝了太多的酒，发生事故的危险又升了一级。我并没有罪恶感，喝酒的不是我，粗心大意不穿救生衣的也不是我。我什么都没做。我是个天才。

"塞尔日不在吗？"

是尼科尔。来往的船只噪声太大了，我都没听见她来。

"不在。"

"奥斯汀就停在屋前。"

"他开船带妈妈兜风去了。"

"马上就会回来吗？"

"不知道，他们去了已经有一阵了。"

"我能在这里等他吗？孩子在托儿所。"

134

"当然。"

她在白色的桌子旁边紧挨着我坐下，我去关掉收音机。

尼科尔穿着一件露肩的淡黄色漂亮裙子。我有些为她担心，我知道她爱塞尔日，尽管我丝毫不明白她是怎么做到的。我敢打赌她是来求他回去重归于好的。她提出了条件：5点钟之前不准喝啤酒，每天工作，每天晚上在家，除了星期五和星期六，但也要在酒吧打烊时回家睡觉，等等。我心想，我刚刚帮了她一个大忙，让她摆脱了我愚蠢的哥哥，我会照顾她和她的孩子的。而且，好像没有任何规定不让小叔子娶成了寡妇的嫂子。我得去查下，看看法律是否允许。我突然很想要她。自从她把塞尔日赶出家门后我就避免见她，可现在塞尔日死了……我只需等电话铃响，告诉我事成了。刚才，我只希望我母亲死，我想塞尔日会活下来，因为他会游泳，因为酒鬼的运气总是很好。所以，现在如果有人告诉我，我哥哥被淹死了，或者脑袋撞在桥墩上撞死了，而我母亲幸免于难，我也会同样高兴。但如果我能把自己的梦想变成现实，那就告诉我双重的好消息吧！让我进入人间天堂。

尼科尔站起来，面对着河流。我也站起来，把脸转向了她。我走过去，抱住她——爱情的成分多余情色的成分——她举起一只手，不是要推开我，而是向我背后的某个人友好地打招呼。

我扭过头。船已经到了，塞尔日正把船系在浮动码头上，然后向我们跑来，没有扶母亲下船。

他们两人都还活着，我突然感到很高兴。我发誓：有那么一会儿，看到哥哥和母亲没有落在我设的陷阱里，我真的感到非常高兴。

但我的高兴没有持续多久。

我第一次后脑勺朝前穿过玻璃门。尼科尔刚刚挨了两记响亮的耳光。我张开嘴，试图解释尼科尔并不是我等的女人——那就证明，我并没有在等女人。我这样说，仅仅是为了——为了什么？塞尔日没有给我解释的时间，他抓住我的双肩，使尽全力，不管哪个方向，把我扔了出去。他显然只有一个目的，那就是要创造摔人的世界纪录。

***

"你应该给我佣金。"塞尔日对呼之即来的巴齐内–雪佛兰–奥兹莫比尔–凯迪拉克公司的玻璃匠说。

塞尔日、尼科尔和我，我们三个人坐在露台上。至少这次我什么都没被打断，只是额头上破了一道口子。塞尔日的心情好转了，也许他并没有觉得失去尼科尔，他打我们是因为喝醉酒一时兴起。

"我去把比萨饼加热一下。"母亲透过玻璃门大声地说。她忘了玻璃还没换，她本来可以说得轻一点儿。

"别给我们弄了，我和尼科尔要出去吃白葡萄酒烩肉。"

"可你刚刚才回来。"母亲表示反对。

"我们去安吉里纳饭店，换换口味。"

"天快黑了。"

"有灯光。而且，这次不会缺少汽油①。"

趁尼科尔去厕所、妈妈去厨房的时候，塞尔日告诉我，在僧人航道的时候，他假装缺油，想让我有更多的时间跟我的新女朋友在一起。回来时，他远远看见我跟一个女人站在露台上。想到我将向他介绍我的新女朋友，他感到很高兴。但到了河边，他认出了尼科尔。"如果你是我，你会怎么做？"其实，我也许会像他那样，以为尼科尔在那儿是因为刚刚跟我睡过觉。他不是已经允许我这样做了吗？

塞尔日跟尼科尔和好了，那两记耳光好像证明塞尔日原谅了她的一切，是他自己头脑糊涂了。

太阳下山时，他们离开了。

"小心点儿！"汽车的马达发出轰鸣时，母亲对着他们大喊。

---

① 俗语，暗指有的年轻人以缺少汽油为由，在车中抚摸女孩。

*＊＊＊

我去找玛侬。妈妈给我们端来几块比萨饼和一些罐头玉米。玻璃匠刚刚离开。我们待在平台上，看夕阳最后的光线把对岸染红。

我突然感到心情舒畅，知道自己永远也不会杀死母亲，我以前就隐约知道，但现在我可以肯定这一点。我就是这样的人。她杀死了我奶奶，并让我背黑锅，我对此根本就无所谓。

自从父亲对她说那是他最喜欢吃的东西之后，她就几乎每天都给我们吃速冻的比萨饼，星期天则吃点儿馅饼。她总是选最好的小豌豆和牌子最出名的玉米。对一个母亲还能再要求什么呢？

"明天我要去找工作。真的。当记者。索莱尔好像要创办一份新报纸。"

她在昏暗中朝我笑笑。

一只鹤缩着头，有节奏地慢慢拍动翅膀，飞过我们面前。河的两岸已经笼罩在夜色中，它在一道金光中越过树梢。

"好像是一个天使。"母亲说。

我从来没有见到过天使，但在我看来，一点儿都不像，可我仍然这样说：

"真的，像天使。"

"它让我想起了你。"

***

"他没有回来。"母亲说着给我倒满一杯咖啡。

现在是早上8点。我以为塞尔日去尼科尔家睡觉了——不，是回他自己家。我向河堤扫了一眼，船不在那儿。他们一定是想把船停泊在离他们的公寓更近的地方。

"他们应该在尼科尔家里。"

"我说的是你父亲。"

他很久没有在外面留宿了。当他没有回来过夜，而我又没有睡着的时候，有两三次我曾到圣父路去看了看。奥兹莫比尔不在那儿，但这不能证明什么。他可能把车藏在了另一条马路上。我要是他，宁愿在周围租一个车库。我没有去按吉内特家的门铃，因为我担心两件事：怕他真的在那儿，或者不在。

我开始喝第二杯咖啡，就在这时，屋前传来奥兹莫比尔停在沙砾上的声音，轻得几乎听不见。

父亲进了门，来到厨房。我没有转身。他走到母亲身边，笨拙地搂住她，好像是第一次（这有可能）。她挣脱着：

139

"放开我。"

母亲后退一步，看着父亲的眼睛，好像想弄清这是不是一个玩笑。

"昨天晚上他们打电话到我办公室。游艇在河上漂走了，人们找了他们一个通宵，现在刚刚找到。"

母亲一言不发地躲进了自己的房间。

***

他们想举行一场隆重的葬礼。对我父亲来说，正好，他还有很多去年的凯迪拉克旧款，这是展示它们的好机会。

塞尔日和尼科尔将躺在葬礼的灵柩车上走完最后一段路——也是一辆凯迪拉克。我告诉父亲，塞尔日宁愿死也不愿让人看见他坐在通用汽车公司生产的汽车上。他粗鲁地回答了一句："所以，他才死了。"他让人组织了一支凯迪拉克车队——光是召集到的爱好者就已经很多了，他们也很想展示一下崭新的凯迪拉克。

我负责送母亲和小侄女去教堂。父亲太忙了，他要主持整个仪式。

我开着我的马力布去取豪华轿车，然后回到家中。母亲站在门前看着林肯大陆轿车。当我向父亲的主要竞争对手,西玛尔林肯–水星公司的老板说明用意时，他很自豪地把这辆车借给我用一天。我也得向母亲做些解释。

"是塞尔日要这样的。"

"尼科尔呢？"

***

在教堂门口，我看见克莱芒探员站在台阶上。他同情地对我笑笑，我假装没有看见。我和塞尔日最好的朋友之———维利·洛尔蒂在前面抬棺。由于我比其他抬棺人矮小，棺材滑向我这边，我得承担比塞尔日的伙伴们更多的重量，尽管他们比我强壮得多。

***

我去西玛尔林肯–水星公司对面的马路上取回我的马力布。有人在车门上原有的两个人旁边又画了两个人——还是一个穿裙子，另外一个不穿裙子。

朋友的海报

　　不知道为什么，我在电线杆上看到的第一张海报就吸引了我的注意力。这里面有些陌生的东西，或是熟悉的东西。我放慢了一点儿速度，在下一根电线杆的海报前，我觉得我见过那张面孔。我完全松掉油门，打了右闪灯。在第三根电线杆上，我在海报上方看到了那个名字，不如说那是一个口号，因为选举开始的时候，这个地区几乎到处都是这个名字。"加马什得胜！"

　　如果这是一个普通的名字，我会关掉右闪灯，继续前往走。加尼翁、特朗布雷、拉蓬代这类名字说了就跟没说一样。但加马什是个非同一般的名字，尤其是如果你认识吉·加马什，原因我就不说了。

　　我把车子停在一张海报旁边，下车走到它跟前。确实是他。他比以前更胖了，西装、领带和白色的衬衣使他现在显得格外让人尊敬。但他还是他，那双眼睛既愚蠢又狡猾。这是我想再次见到的最后一个人。

　　我回到奥斯汀里，那是塞尔日的车子，车头的铁锈多于油漆。我要了这辆车，因为父亲压根看不上这种破车。

一个坏小子开玩笑地在车门上画上了四个人，跟马力布上面的一样。

我要去上班。我当记者已经三年，尽管要进这个行业的人要挤破头。但我得承认，我只是像记者而已：《索拉西报》记者。那是一份覆盖索莱尔和特拉西附近地区的周报。说它是新闻机构还不如说它是广告公司。我的老板普拉西德·马尔科特几乎每天都提醒道："没有广告就没有报纸。"所以，我去拉广告的时间比采写新闻的时间要多得多。

但必须有几篇文章来吸引读者翻阅报纸，否则他们会直接把它扔到垃圾筒里。普拉西德·马尔科特的办法是：去给那些好心地购买报纸版面的当地商家写些文章。如果有社会新闻我也会写一些，比如火灾、车祸、乱倒垃圾等，但我只能写写不痛不痒的社会新闻，老板不让我关注横行当地的摩托帮。

每当我说我想去看看为什么人们又在附近的河里捞起一具或多具连同水泥块一道被装在睡袋里的尸体时，他总是对我这样说："让蒙特利尔的报纸去管吧！"

我没有强求。

我像个好奇者赶去看警察打捞尸体，尽管我的汽车风挡玻璃上放着"采访"字样的牌子，可以靠近现场。突然，调频收音机又告诉我，人们在别的地方又发现了尸体。但关于这类案件，我只写些小文章，有些像新闻社的快讯，我从来不署名。反正，我这样说服自己，这跟我关于"花店"的第三篇文章和关于"伯罗奔尼撒半岛的烤串"的第七篇表扬文章一样，都是在重复。

我的工资很低——按每周15小时最低工资算，而我往往要工作20到30个小时。不过，商店老板们很快就发现，如果他们给我一点儿现金或实物当小费，我写的文章，不管是以我本名还是以我最喜欢的四个笔名中的一个，赞美的话会多一些。

这天上午，普拉西德·马尔科特破例待在办公室里。他有四家公司，包括一家电台和一个电影院，这样他就可以作为文化投资者去申请资助了。这天，他正在检查我的报销单据，怀疑餐馆多给了我发票。将来有一天，他会发现我在大部分餐馆吃饭根本就不付钱。

"老板（他喜欢我叫他老板，尽管嘴上说不要这样叫），我们是否做一系列关于选举候选人的报道？从最小的党派到最大的两个党派。"

普拉西德·马尔科特一脸狐疑地看着我，好像在想，我将怎么从这类报道中获益。

"随你吧，别忘了给他们一张价目单，但我不要报销单。还有，以后不要再叫我老板。"

"好的，老板。"

***

吉·加马什约我在女士酒吧见面。我相信他在电话中没有听出是我。他还记得吗？但我一进门，他就认出我来了。

"啊，是你！'我无所谓矮子'！你在这里做什么？"他大声嚷嚷，以压过高音喇叭所播放的脱衣舞曲。

"我来采访你呀！"

他见我当了记者，十分惊讶。我大声地说，知道他从政，我也同样惊讶。这时，音乐停了。舞娘离开了宝座，钻过金色隔栏，回到自己的包厢里。加马什对酒吧女老板说，这个点，酒吧里只有两个客人，他们完全没必要看脱衣舞、听震耳欲聋的音乐。她深深地叹了一口气，对我们不喜欢跳舞表示遗憾，并示意舞娘可以穿上衣服了，因为我们太吝啬，不会邀请她到酒吧的柜台上跳舞。

"我的啤酒钱你付？"加马什请求道，"我可以请你喝一瓶，但选举法不允许，你应该知道。"

法律禁止候选人请不想投他们票的人喝一杯。我在想，通过这条法律的那天，立法者当中有多少吝啬的酒鬼啊！我点了两瓶啤酒。

"这么说，你从政了。"

他告诉我说，如果他的政党获胜——如果不是完全不

147

可能，至少可能性很小——他就出山。如果败了，那就算了，他将继续卖他的中央吸尘器。但万一最近的问卷调查错了，他的党派获得了大量选票，他就将成为议员。让那些不够出色、竞争不过他的人哭去吧！

"是的，但你为什么想去渥太华？"

我追问道，因为我觉得他对这个问题的回答对我撰写第一篇关于黎塞留选区候选人的大型报道非常重要。

"有件事情你知道吗？"他以这个问题开始他的回答。

"不知道。"我说。哪怕我知道两三件事情我也会说不知道。

"部长们有高级轿车，免费的，还配司机。"

这足以让我明白我昔日的这个狱友的政治信仰有多高。

"你呢，你怎么回事？"他反过来问我，"如果有什么事我能帮忙……"

点了第二瓶啤酒后，我先是告诉这位可能当选的议员，我不需要帮助。我还是住在母亲家（"你们家有中央吸尘器吗？""当然。"我撒谎说。"质量好吗？""从来没坏过。"），几乎成了我侄女的父亲，因为我哥哥和嫂子在一起船祸中丧生了。

这好像让加马什想起了什么，因为他问：

"哎，是你杀死了你奶奶？"

"是的，我是说……"

在教养所里，我曾试着向几个我认为几乎可以当作朋友的人说明真相，其中包括加马什。但我很快就放弃了。不管怎么样，没有人会相信我的，那又为什么要在偷自行车的人当中灭自己杀人凶手的威风呢？

但那天下午，在女士酒吧，我突然想对那个家伙说我是无辜的。他有千万分之一的机会——总比毫无机会强——成为司法部部长。

"其实，我奶奶并不是我杀的。"

"那是谁？"

"是……是我母亲。"

好了，我保守了三年的秘密终于不再属于我一个人。我刚刚把它告诉了这个我多年未见的朋友。他即使不会真的在镇议会的大会上泄露这一秘密，也会到上了年纪的女人家里安装中央吸尘器时说——他刚刚抱怨或者吹嘘过，这些妇女没什么话要对他说，但会待在那儿看他干活，所以，他不得不跟她们聊天，其中不少女人很客观地对他说，他应该去从政，因为他说起话来就像一个议员。

加马什不放过我，除非我把一切都告诉他。从蒙特利尔中心医院的那天下午一直讲到塞尔日和尼科尔的死，当然包括我最近跟克莱芒探员的谈话。又喝了不少啤酒。来了别的客人，音乐重新响了起来，我喊着跟加马什讲述一切。老板娘有时也过来听，坐在我们前面的凳子上。不过，她一来，我就把话题岔开，讲些很幼稚的事情——在我的人生中，这类故事可不少。

不过，毫无疑问，我感到自己解脱了。如果早点儿知道会这样，我会到忏悔室去转一圈。

"如果你给我写篇好文章，"当我站起来，借口说我还有一个候选人要采访，准备离开时，加马什对我说，"我可以替你把事情搞掂。我进局子不过是偷了几辆汽车，但我还是认识一些重要人物。"

我模棱两可地笑了，因为我怀疑自己能否写出那样的文章，让他可以得到高级轿车和司机。至于他所说的替我搞掂的方式，我猜得到是什么样的，也想接受。可说实在的，我已经不需要了。现在我已经找到了一个相信我是无辜的人（加上中心医院的女档案员，甚至已经有两个人了），不再需要别的了，更不想成为一个杀人犯，哪怕是假借他人之手。

***

母亲和玛侬坐在厨房的餐桌边，奶奶觉得孙女的画画得很好看。

"看，这是你。"母亲说。

玛侬在画我——不是很像，因为我跟旁边的树一样高，头都快碰到太阳了，结果出现了两个露出微笑的圆球，一个是金黄的，光芒四射，一个是粉红的，头发蓬乱。我凝视着"自己"。不，我看起来并不像杀人犯。

我回到自己房间，坐在打字机前。关于候选人加马什的文章写得很快，并不是真的吹捧，因为，即使我想吹捧，我也很缺乏资料和灵感，但我成功地挖苦了他一番，勾勒出"这个充满活力的年轻人"的肖像，他"出身贫寒，却成了一名受人尊敬的商人"（受谁尊敬？我毫无概念），也许受到了像我侄女所画的我那样的恭维。

***

"谢谢，矮子。"

打电话来的是加马什，显然我的文章令他很高兴。

"你说我们在女士酒吧见过面，你做得对。"

我尽情地对他进行讽刺，指出，候选人加马什约我在女士酒吧见面。我觉得很少有严肃的选民会投票选他作为这类机构的顶梁柱，但这让他感到莫大的高兴。

"他们更加敬重我了，女士们也同样。我会回报你的。"

我挂了电话，没有去想一个安装中央吸尘器的人、联邦选举未来的失败者，能怎么给我回报。

＊＊＊

"该死的摩托！"

对母亲来说，"该死的"是句粗话，她很少说。但几天来，圣罗什的道路上摩托车手显然越来越多。到了最近，满耳都是索莱尔的那帮坏小子在远处骑着大功率的摩托车轰隆作响的声音。他们来自贝勒伊或尚布里，沿着黎塞留河，拐进高尔夫路，沿着河边继续前往索莱尔，这样就可以避免经过我们的门前，尤其是再过去一点儿就是魁北克的警察分局，它就在圣罗什路和高速公路入口的交汇处。

然后，几天前开始，他们从我们家门口呼啸而过，尽管有所减速，但发出的噪声跟加速时一样大。在这里，在进入特拉西的村口，时速已经减到50公里，但摩托帮是以不遵守限速和整个法律著称的。

"该死的摩托！"

我把母亲的这一重复理解为要求我进行干预。

我走出家门，站在门廊里。两个摩托车手向索莱尔的方向驶去，就在我准备回家时，我发现他们在稍远处的高尔夫俱乐部前面掉了个头，又回来了。我看着他们逼近，想露出愤怒的样子，但那样的流氓又怎么会注意一个不喜

152

欢他们震耳欲聋的摩托车声的小矮个儿呢？

然而，那两个摩托车手经过我家门前时，向我做了个友好的手势，只有受过些许训练的精明的观察者才察觉得到。握车把的左手竖起三个指头，我微微点头作为回答，不完全是友好的表示，但有点儿礼貌的意思。

也许他们认识我，对一个不干预他们飙车的记者表示感谢吧！

我叹了一口气回到家里，不知道如何让圣罗什路摆脱这帮吵死鬼的骚扰。在《索拉西报》上写篇文章给我带来的麻烦要比恢复平静给母亲带来的快乐大得多。去年夏天，玛丽-维克多林路的一个居民烦透了摩托车，纳闷警方为什么不管。在他的要求下，我写了一篇文章，好在我小心地署名为"C.R."。第二个月，摩托帮经过抗议者门前时，把马达的声音弄得更响。倒垃圾那天，他们撞翻了他的垃圾筒，碾死了他的猫，他的孩子们差点儿被摩托车撞飞，使他从此不敢再让孩子们在街上骑自行车。这还是相对客气的恶作剧，但受害者最后求我在报纸上说，那里已经恢复平静，还赞扬摩托车手们的公民意识堪称典范。就这样，一切才恢复正常。

回到房间，我花了大半个小时才意识到发生了什么。

当我风一般地穿过客厅时，母亲问："你要去哪儿？"

"我要出去。"

***

女士酒吧里，加马什利用我的文章给他带来的优惠价在消费。

"矮子，你能不能告诉我你在家都干些什么？"我还没开口，他就这样问我，"如果你在场，他们是无法下手的。"

"你要他们杀死她？"

尽管音乐声和平时一样响，也就是说让人难以忍受，我还是捏着嗓子说话，怕被酒吧老板娘听见，她正在酒吧的另一头接待三个客人。那些人正专注地看着女舞娘并不在的金色包厢，就像她在一样。

"我们不是这样说好的吗？"

"我从来没有这样说过，你让他们马上停下来。"

他抬起头，望着天花板，童年的一个朋友不给他面子，不让他找几个伙伴杀死其母亲，这让他很生气。他走到柜台前去打电话，拨了一个号。

"'全副武装'，是你吗？都一样。我只对你说一句话，这是为了巴齐内：算了。是的，是的。我下次再跟你解释。"

他挂上电话。

"他们很生气，你欠我一次人情。"

"是你自己选的。"

"中央吸尘器，我敢肯定你母亲会喜欢的。"

我没有反对，因为我忘了我对他说过我们家已经有了。再后来，我很高兴事情得到了解决。

＊＊＊

那年，母亲应该在10月份得到圣诞礼物。竞选失败一个星期后，加马什来我们家安装了他的超静型中央吸尘器。

"不管怎么说，"他一边对我解释，一边开动他的吸尘器，"我已经对政治不那么感兴趣了。那不过是一群骗子。"他的吸尘器响得就像二十辆摩托车在我们的客厅里驶过。

＊＊＊

我觉得他跟我一样尴尬。

一个星期六晚上，我们俩去索莱尔侯爵酒吧，人多得要爆棚的大厅开始空了。我们既不跳舞，也不跟任何人聊天。

对我来说，这很正常。男的有时跟我说几句话，但女孩不敢过来。大家最后都忘了我奶奶的事和76号赛车的事，但女孩子还是害怕我请她们跳舞。这时，大家纷纷下到舞池跳舞，我的目光落在她们胸前，就连喜欢引起别人注意的女孩也不想有人这么看着她们。

站在我旁边的女孩跟我的问题相反。她很高大，不是高得没谱，但也差不多。即使我坐在高凳上，她站着，她还是高我一个头。男孩们逃离她就像女孩们躲避我。我发现，在这一点上，男人跟女人一样吹毛求疵：男的应该比女的高一个头。一样高，也可以。但女的比男的高，在有关人际关系的不成文《圣经》中，应该有明令禁止：违者将永远受到取笑。

所以这个女孩跟我一样，因为没有舞伴而站在旁边观看。

不过，应该说她还是挺漂亮的，长着一个翘鼻子，身体虽然长，却也还算丰满。

我们紧挨着站在那里，越来越清楚地意识到，那天晚上，我们是最没人要的人。不过，我并不是第一次见她，长得那么高的女孩很难不引人注意。她以前应该也见过我，不注意长得这么矮的男人就更不可能了。

她突然说：

"我们走，好吗？"

一小时前，我就想说这话，但我不敢，因为我怕遭到拒绝，或者更糟，被接受了，但遭到嘲讽。

"听你的。"

我从我所坐的凳子上滑下来，她也直起腰来。这不可能——她起码比我高三个头。我们在最后那批寻欢作乐的人嘲笑的目光中走远了。

她叫玛丽-约塞特，住在特拉西花园的一套公寓里，就是尼科尔以前住的那栋大楼隔壁。

一上床，我们就发现身高差异造成的问题神奇地消失了。玛丽-约塞特对我说，她在做爱时很喜欢别人咬她的乳头，而我也老老实实地告诉她，我喜欢在吻的时候吸乳房。

***

我们晚上不再去索莱尔侯爵酒吧。在舞场上，我们显得很可笑，但在床上，我们还是挺般配的，尽管没有人在场做评判。

我们运气不错。每当玛丽-约塞特产生荒谬的念头，想跟我成家过日子，我都坚决抵制。但当我心血来潮想结婚时，她突然又不想了。所以说，世界并不那么糟。

更好的是，玛丽-约塞特·保尔-于斯的父亲是特拉西的斯巴鲁汽车经销商。她在父亲的公司里工作，而且还在读行政管理课程，所以很忙。我们每周见一两次，总是在她家，因为我对她说，我父亲不愿意在家里见到竞争者的女儿和职员。

我的生活可以永远这样继续下去，或差不多就这样过下去：一个人睡或跟玛丽-约塞特睡；跟普拉西德·马尔科特一起干活；在家里跟母亲和玛侬待在一起。永远没有十足的幸福，也没有真正的不愉快。我几乎完全忘记了过去，总之，我越来越少想起我奶奶。

如果我有时还想杀死我母亲，我却永远懒得去寻找杀死她的办法。

女友的木屋

第十章

为了庆祝玛侬生日，我带她去孔特尔格钓鱼。在那个地方，一排小岛挡住了随来往船只掀起的波浪涌来的冰块，甚至在冬天，河里的船只也很繁忙。这是一个美好的日子，有点儿干冷，太阳有点儿蒙眬，天不暖，但气候宜人。有时，风吹起细雪，隐没了对岸。只要有一点点想象力，便会以为自己是在北极。总之，让人很难相信这里离蒙特利尔只有半个小时车程。这里的渔获好像比索莱尔岛屿周围要多，因为商业捕鱼是禁止的。

扫雪机在冰上画出两条路，路边建了一些木屋，大部分都是空的。今天不是周末，只有几个垂钓者，鱼也不一定更多。

我梦想在侄女长大之前带她去佛罗里达和迪士尼乐园，但我们正处于持续衰退的高峰。索莱尔和特拉西是工业城市，深受经济放缓的影响。我的主要经济来源是商人们给我的实物，有时是现金，让我在《索拉西报》为他们美言几句。这样做的人越来越少，但由于经济危机，他们希望我能更加热情和坚决地吹捧他们。

　　甚至连我父亲也受到了经济危机的影响，至少他是这样说的，他几乎每天晚上都要上班，因为他被迫辞退了两个比较差的销售员，而最好的那个却跳槽到了西玛尔公司。他又给了我一个职位，工资有保障，佣金更高，但我拒绝了，因为他有个条件，要我扔掉那辆奥斯汀，可我不愿意。

　　于是，我和玛侬在那里看着一动不动的钓竿。那是用几条小木杆做的，插在雪中，下面堆些雪，浇点儿水，一眨眼木杆就牢牢地插在那里了。木杆的顶端用钉子平行地钉着一截木头，一头绑着线，穿过冰窟窿，垂到冰底下。鱼一咬钩，横向的浮标就会动起来，一拉线，鱼就被钩住了。自从我们守在那里以来，只有三条钓竿动过。两条钓竿一无所获，也就是说，鱼带着我们的诱饵跑掉了；第三条钓竿让玛侬钓上了一条黄金小鲈鱼。我用"漂亮"来形容它，如果你认为美跟大小没有关系，你就会觉得我没有瞎说。我是第一个意识到这点的。

　　玛丽-约塞特一定要陪我们来，尽管她并不喜欢钓鱼。她躲到木屋里。为了不让我们冻着，她执意要租木屋。她不时透过玻璃窗示意我们进去跟她一起在柴炉旁暖暖身子，可我宁愿跟玛侬待在外面。我去钓鱼，并不一定要钓到鱼。我老是输，就像其他体育活动一样。但如果我比小孩放弃得还快，我会感到耻辱。

　　玛侬已经12岁，不再那么矮了。事实上，她差不多跟我一样高。但要赶上玛丽-约塞特,她还得再吃几年饭,所以我还是叫她"孩子"。当她到了18岁,而我只到她肩膀那么高,我是否还会这么叫呢?不知道。

突然,我觉得自己像个小老头儿。我想起了爷爷,就是他教我钓鱼的。尽管我才20多岁,但我已经像他那样无精打采、病快快的了,无论在生活中还是在钓鱼方面都是个大输家。这意味着我完全有理由像我父亲,他也许是我与爷爷之间的过渡?我想是的。我像他们一样,总的来说还是沉默寡言的,不喜欢社交,对身边发生的事情无动于衷。至少表面上看起来是这样。我是生来如此还是被生活改造成这样的,或者是我想这样?

玛丽-约塞特有时会要我跟她生个孩子。我拒绝了,借口说我养不活一家子。她把我当作"爷爷",自己来管家。她将赚足够的钱来养活两个人,甚至三个人。她觉得如果要我待在家里带孩子我一定会感到羞耻。她爱怎么想就怎么想吧。我有时也会想要孩子,但很快就怕玛丽-约塞特同意或拒绝。我只知道自己从来不谈这事,起码现在不谈,因为我有玛侬。

玛丽-约塞特用手指敲打着玻璃窗。我生气地看着她,她还想要我怎么样?这次,她没有示意我们进去,而是用手指着最远的那根钓竿,它已经掉了个个儿。

"玛侬!"

玛侬也看见了,拼命跑过去,我立即追上了她。她拉起了钓竿。

"什么都没有。"

一阵剧烈的晃动证明事情与她说的刚好相反。玛侬双手紧紧地抓住钓竿，我克制住自己，不去夺她的鱼线。

"应该是条大鱼。"她说。

我不太知道该怎么办。我从来没有钓到过比黄金鲈鱼更大的鱼，但我不能暴露自己缺乏经验，说到底，我是个男人，是这个星球上长得最矮小的人之一，但毕竟是个男人。

"转动钓竿，卷起鱼线。"

她照办了，吐了吐舌头，拉着鱼线后退几步，然后转动钓竿，一边靠近一边卷线。战斗并没有持续太长时间，我趴在洞口上方，用一个漏勺把雪挖开，那是被风吹到那里堆积而成的。

"一定是条大白斑狗鱼。"

我这是随口乱说的，想让她以为我精通钓鱼。我抓住鱼线，把一条应该比刚才那条黄金鲈鱼大十倍的鱼拉到冰面上。那就是说，剖了这条鱼，可以分三四份。玛侬从我手里接过鱼线，双臂把鱼举得高高的，向木屋跑去。玛丽-约塞特在屋里拍了一张照。

我现在更加肯定了，重复道：

"一条很漂亮的白斑狗鱼！"

"是条黄金鲈鱼。"我背后有人说。

"您肯定？"

"毫无疑问。"

"那更好！"玛侬说。她既笑我无知，也因为钓了一条这么大的鱼而高兴。

"是诺尔芒·巴齐内吗？"

我向那个男人转过身去，我好像在哪里见过他，但他穿着一套机动滑雪车手的衣服，风帽一直垂到眼睛上。

"这是塞尔日的女儿？"

"是的。"

"您认不出我来了？"

认不出来，我真的认不出来。他四十出头的样子，也许更大一些。他把风帽往后推了推。

"我是克莱芒·克莱芒。"

现在，我想起来了。探员克莱芒。

我第一次听到他的名。不管怎么样，如果我知道他的姓和名都叫克莱芒，我以前就会注意到他。

"是的，是的，我对上号了。"

玛侬好像在想，该拿这条鱼怎么办。探员弯下腰，非常专业地摘下鱼钩，黄金鲈鱼在冰上跳着。

"小心，别让它蹦回洞里去。"

他把手伸进放着小鱼的桶里，在鱼钩上装上新的鱼饵。

"谢谢。"玛侬说着把鱼饵放到洞里，让钓竿在架子上保持平衡。

"不客气。"

克莱芒·克莱芒走了几步，来到下一个钓竿旁边，检查安装得是否稳固。他抓起汤勺，挖了个洞，把另一个钓竿垂到里面。我跟着他走，玛侬则待在最好的那条钓竿旁边——钓到黄金鲈鱼的那条钓竿。

"我也是，我认为可能是塞尔日。"他突然说。

"您说什么？"

"我已经不是警察了。您可以跟我说实话了，我不会跟任何人说的。"

他是否以为我应该对塞尔日和尼科尔的死负责？

"那是个意外。"

"也许，但不严重。"

他挖了最后一个洞，我们分别站在一排钓竿的两头。玛侬一直盯着她的"幸运之洞"。我扫了一眼待在木屋里的玛丽-约塞特，她并没有朝我这个方向看。

"我已经告诉过您，我认为不是您就是您母亲。"

"是的。"

"我弄错了。"

我不想再谈这事，希望他能住口，回到自己的钓竿旁边，让我在我的钓竿旁安静一会儿。但我没有胆量对他说这话，也有可能我还是有点儿想知道。

"我们最后一次谈话之后，我想也许是塞尔日。他比你高，所以也更有力气。"

"可他当时在索莱尔。"

"就算是吧，但我还是进行了一些别的调查，仅仅是为了看看。"

"看到什么了吗？"

"您知道我了解到了什么？"

"不知道。"

我说这话的时候一定是什么都不想知道的口气，因为他又问我：

"您真的对此不感兴趣吗？"

我想知道吗？当然不想，但现在我知道我可能……

"您想说就说吧。"

"我得知塞尔日·巴齐内在您奶奶去世之前三个月出了一个事故。"

我从来没有听说过。这应该看得出来，因为他接着说：

"他真的借了青春汽车商贸中心的一辆汽车，没有跟任何人说。他撞了一根柱子，您父亲赔偿了损失，车行老板也就没有再追究。"

我什么都没说。我刚刚发现他现在跟我说话时用"您"来称呼我，而上次是用"你"。我看起来比前老了吗？我终于成了一个受人尊敬的男人，而不再是一个脆弱的男孩或一个浑身是血的小混混了？前探员克莱芒继续说下去，好像怕我打断他的话：

"这就是说，尽管您哥哥没有驾照，但他会开车——开得不太好，但还是会一点儿。他可以从索莱尔回来，杀了您奶奶，然后回去找您父亲。"

"他为什么要杀我奶奶？"

"这正是我想问他的，但还没等我问他他就死了。"

他说这话好像是我犯了错似的，我尽量装出一副老实的样子：

"不管怎么说，那艘船确实是发生了事故。"

"是的，是的，我知道。我只是认为，真正的凶手死了，这对您来说是件好事。"

我没有反驳，因为我不知道如何反驳。知道是我已故的哥哥把我送到里面去的，这难道对我有好处？

克莱芒·克莱芒沿着十来个没有人看守的钓竿走远了。我觉得又起风了，比刚才的风还冷。

"来，玛侬，咱们走。"

"现在就要走了？"

但玛侬也已经厌烦了。我不用强迫她就跟着我走了。她在想她的黄金鲈鱼，鱼现在已经僵硬了，一动不动。

＊＊＊

河边的风吹进了奥斯汀关不严实的左车门。风大得让我们说不了话，玛丽-约塞特坐在我旁边，尽量退后座椅。她关了收音机，反正也听不清。我看见玛侬做了个鬼脸，她坐在我后面的椅子上，因为玛丽-约塞特后面没有空间了，但她没有吱声。

我在思考克莱芒·克莱芒告诉我的事。最让我感到难堪的是，如果是塞尔日杀死了我奶奶，几乎可以肯定父亲是同谋。我不相信他没有察觉塞尔日开车来到蒙特利尔然后又回到索莱尔。那时还没有高速公路，来回起码要三小时。所以说，如果是塞尔日干的，父亲肯定知道。

而且，塞尔日可能并没有在索莱尔和蒙特利尔之间来往，他干脆就待在蒙特利尔，另找一辆车（还是从青春汽车商贸中心"借"），先去蒙特利尔中心医院，然后再去索莱尔的医院。如果是这样，我父亲应该是同谋，因为他事先就应该知道塞尔日要杀我奶奶。我想我哥哥不会对他这样说："我要到你老板那里偷一辆车，兜兜风，然后回索莱尔找你。"父亲则回答他说："好的，儿子，但别回来得太晚。千万不要像上次那样出事故。"

总之，假如我父亲不知道塞尔日杀了我奶奶，事后肯定会马上知道。但也有可能父亲在罪案发生之前就知悉。

那我母亲呢？她事前事后都浑然不知，这可能吗？我很难想象。

更让我想不通的是，塞尔日为什么要杀死奶奶？他并不比我更不喜欢她，也不比我更喜欢她。

"小心！"

玛丽-约塞特把我从沉思中唤醒。面前有辆车反向驶来，超过了一辆车，司机在雪雾中看见我们时已经来不及了。我选择冲向壕沟，奥斯汀在雪堆当中停住了，扬起一团雪。

大家都伤得不厉害。玛侬额头上起了个包，玛丽-约塞特抱怨说一只乳房痛死了，我倒是什么事都没有。

被超车的那辆车的司机停下车，过来帮助我们把小车开出来。铲了两锹雪，我们的车不一会儿就从雪堆里退出来了。玛丽-约塞特坐在方向盘前，大家一起推车，迷你库珀很快就回到了道路上。

"该死的雪雾！"我没话找话说。

"雪呀，并不只有坏处。"另一个司机对我说，那是一个很结实的男人，50来岁，看起来像个农民，很高兴大雪能让他放假几个月。

我握了握他的手。

"他可能是故意要害死你们，"他补充说，"否则不应该这样开车的。"

我重新坐在方向盘前。

有人想杀死我，这可能吗？不可能，谁都不知道我会在这个时候开车经过这里，也不会知道这个时候刚好有车要超。

而且，杀人也用不着这样冲上去，除非他自己也想死。要么就是塞尔日，可塞尔日已经死了，是我抬着他的棺材去墓地的。

"你不会感到太害怕吧？"

"不怕。"玛侬答道。

我很难相信她的话。不管怎么样，在一两秒钟内，我是害怕过的。

仔细想想，这应该可以证明我还是很留恋人间的。

***

"是塞尔日？"

尽管我们有好多年没有谈过这个话题——其实，我们根本就没有谈过那件事——但母亲马上就知道我在说什么了。她蜷缩在椅子上，吞下一口鱼丸，然后又张嘴吃了一个才回答我。接着她又沉默了，或者在等下面的问题。

"为什么？"

"他不太喜欢你奶奶。"

"我也不太喜欢，但我没有因此而杀她。"

"塞尔日与众不同。"

如果母亲不想说话，那是很难让她开口的。

"你是什么时候知道的？"

"我想不起来了。"

"妈妈……"

她把叉子伸到碟子里去叉最后五粒玉米，最后把它们全都拢到鱼丸旁边，叉起四粒，送到嘴里，嚼了很久才吞下去。

"我是事后才知道的，你父亲从索莱尔回来之后。"

"他事先就知道？"

"我不知道。"

她试图去叉最后一粒玉米，但这粒玉米滑到了碟子边上，掉到了她的塑料围裙上，被两个湿淋淋的手指头接住了。

"他是事先还是事后知道的？"

玉米粒被吃了下去。母亲为什么没有问问父亲呢？

"事后。"

这么说，他们俩坐雪佛兰去了索莱尔，塞尔日什么都没对父亲说就离开了医院。也许他在我爷爷的床头守烦了，或者他仅仅是想开车出去兜兜风，无意之中来到了蒙特利尔。除非他想确认我有没有正在劝奶奶把遗产都留给我，一点儿都不给他。

总之，他上了勒卢瓦耶楼的313号病房，那里一个人都没有。他也许不知道我在厕所里。老太太恢复了神智，跟他说了几句话，激怒了他。也有可能是塞尔日看见了雨伞，脑子一热，冒出了一个念头。他袭击了她，然后逃跑了，回到索莱尔，父亲肯定发现他不见了，但不敢报警，说他儿子没有驾照但又借了一辆车。从索莱尔回来时候，父亲得知奶奶死了。他保护了塞尔日，却没想到我受到了指控。后来，他和母亲心想，我才10岁，判起来一定比18岁的塞尔日轻。他们毁了我的一生。更糟糕的是，他们浪费了我的童年。

"无论如何，他现在已经死了。"母亲沉默了很长时间后，说。

"尼科尔也死了。"

"是的。"

她站起来，表示要结束谈话了。

"想吃香草冰淇淋吗？"

"不想。"

我今天不能再吃了。事实上，我并不知道母亲说的是真是假，甚至不敢完全肯定她知道真相。

老太太的血

　　我要普拉西德·马尔科特给我弄个手提电话，他却给了我一台铃声几乎听不见的电话报警器。他今天出现时，我正在飞赛路的一个餐馆吃饭——我很快就得再给它写篇文章，否则就不能在这里白吃白喝还拿发票了，老板已经和气地暗示过我。他虽然没去过中国，也没进过真正的中国餐馆，却在玻璃橱窗上贴出告示，说他的中国自助餐货真价实，三块九毛五任吃。我吃完了鸡肉炒面，吃得比平时快了一点儿。

　　我在门口打电话给我的老板。

　　"你有点儿拖拖拉拉。"

　　"我总要吃饭吧？"

　　"你知道我为什么要给你买电话报警器？"

　　他并不是买的，而是租的，而且，从我的工资里扣除了一半的租赁费用，但我不想跟他争执。

　　"出什么事了？"

　　"一个女人被扫雪车卷了进去。"

　　"在哪里？"

"圣罗什路。"

"严重吗？"

"你见过有谁被卷到扫雪机里，然后对着镜头讲述自己被卷进去的经过吗？"

"我马上去。"

"别忘了你的柯达相机。"

"我带着呢！"

伤亡事故总是上《索拉西报》的头版，如果有死者的现场照片就更是这样。我有架20块钱买的相机，总是放在口袋里。我知道，社会新闻照片，距离越近越好。

我连忙赶到圣罗什路去。运气不好，路上遇到了一辆亮着旋转灯的救护车。很遗憾，因为人们通过免费发放的周刊做过一个研究，刊登事故中躺在人行道上的死者的照片，哪怕尸体上盖着床单，也能给报纸增加27％的阅读量。

***

扫雪车还在那里，旁边围着警车。如果刮刀上有血，那就几乎跟盖着床单的受害者一样有效。真的有血。

警察跟我讲述他们所知道的那点信息时，我趁机拍了几张特写。一个小老太太被扫雪车的螺旋杆卷了进去。她

175

应该是听力不好，没有听见扫雪车开过来。

扫雪车前面和旁边屋前台阶上的雪中还有血，我拍了几张照片。房东正用干净的雪覆盖血迹，我又拍了几张，问他叫什么名字。他没有目击事故的发生，听到警察来到的响动他才出来，看见他家屋前的血和尸块，以及老太太被扫雪车吞噬的一半尸体。

扫雪车司机是个40岁左右的男人，看起来像个好父亲。他紧张得不得了，我让他坐到我的车里，把事情原原本本地告诉我。

"我什么都看不见。"他一再重复，"当我看见出来的雪是红色的，我才觉得有什么不对劲。我马上停车。好像是有人把她推进去的……"

"没有人给你导向吗？"

"现在已经没有了，太贵了。而且，以前从来就没有出过事。"

"我明白了。"

他并没有听懂我的讽刺，我却感到很高兴。我已经想到文章的最后一段了："失业率在我们这个地区极高，市政当局节约到都不招聘在马路上指挥扫雪车的必不可少的导向员，这让人感到愤慨。今天被压死的仅仅是个小老太太，明天可能就是你们的孩子。"不行，不能写"小老太太"，否则有可能得罪小老头儿，他们可是《索拉西报》的主要读者。但要改成"一个处于黄金岁月的老人"也不行啊……

至少，这场事故恰逢其时，恰逢其"日"。如果我现在就写文章，下午就可以登在报纸上。

我回到家，玛侬上学去了，母亲也外出了。我坐在打字机前，不到半个小时，就写出了一个很好的初稿。我是说，这个初稿好得发表在《索拉西报》上绰绰有余。普拉西德·马尔科特怎么也想不到我能写得这么好。我最后选用了"一位上了岁数的老太太"，这样就没有太大的蔑视意味，也不显得太可笑了。接着，我只须打电话给中心医院，打听一下死者的身份。这时，有人敲门。妈妈又忘了带钥匙了……

不，来的是两个警察，我刚才跟他们说过话。

"请原谅，我们不知道您住在这里。我们不过是来巡访周围的住家，想知道这里是否走失了一位小老太太。"

他们转身要走，就在那一刻，我明白了。

"我知道是谁。"

他们用询问的目光看着我。

"是我母亲。"

他们呆在那里不知所措。我也同样，不知道自己是否该哭，又是否能哭得出来。

他们把我带到医院里，我认出了妈妈的大衣下摆和雪地靴。我打电话给父亲，他马上赶来了。我们俩都没有哭。普拉西德·马尔科特也来了，夺过我的钥匙串，去找我的文章和相机里的底片。

回家时，我发现自己没有呕吐，甚至在认出母亲静脉曲张的大腿时也没有吐。一时间，我为自己而自豪。过了一会儿，我又感到了前所未有的耻辱。

***

今天早晨，我们家设在路边的信箱里有封我的信。地址是手写的，这很少见。我拆开信。"是我，不是别人，而是你的母亲。"我认出了她的拼写方式和她的笔迹。她从来不写什么，除了去杂货店采购东西的单子，甚至连圣诞卡也不写一张。

我回到自己的房间，坐在写字台前。邮戳是昨天的。

我想象着母亲出了家门，一直来到高尔夫路口的信箱前，把信投了进去，然后藏在雪堆后，等待扫雪车的来临。当车子驶近时，她低着头勇敢地扑了过去……

***

葬礼显然不中我父亲的意。首先，他缺乏要展示的新车型，便选了奥兹莫比尔和几辆雪佛兰——黑色的，而不全是凯迪拉克，凯迪拉克的利润空间要更大一些。后来

178

又下起了雪雨，几分钟内就弄脏了车子——尤其是黑色的车子。我同意跟他一起坐在领头的大轿车里。玛丽-约塞特和玛侬也跟我们坐在一起。离开教堂时，普拉西德·马尔科特给我们拍了一张照片。我无所谓。他有各种办法糟蹋照片，首先是忘了在相机里放胶卷。我用目光寻找克莱芒·克莱芒。他不在那里。总之，我没看见他。

***

"瞧，我找到了。"

父亲递给我一沓一折为三的纸，那是他刚从母亲的抽屉里找到的。我打开来，那是一张1万加元的保险单。受益人是：合法的继承者们。

母亲生前没有留下遗嘱。她三分之二的财产留给了我，剩下的归父亲。既然她没有留下什么，所以怎么分就不重要了。

"全都给你吧。"父亲说。

现在，我更加明白了母亲为什么要用事故来掩盖自己的自杀。但大家肯定都认为这是谋杀。昨天，我在奥斯汀的车门上发现了第五个人物，现在是三个小女人和两个大男人了。

拉鲁斯的肉馅卷

第十二章

母亲去世后，就没有人天天给我们吃罐头和速冻食品了。我开始学做饭，系统地学。

两年前的圣诞节，玛丽-约塞特送了我一本《拉鲁斯烹调手册》。我已经试了其中的大部分菜谱——根据字母顺序，这比从掌握做鸡的技巧开始，然后再学做牛肉能给我更多的灵感。按字母顺序有些随机，可以不那么单调，增加惊喜感。我还记得第一天做饭的情形：炸鳕鱼块一半成功，英式煮下水完全失败，旧式扁豆非常成功。

菜谱中从A到B的菜我已经很熟悉，现在到了C。长方形的面条我做得很好，奶油调味汁我做得非常光滑……

"我们吃什么？"

玛侬问。她刚从大学预科放学回来。她现在的成绩比中学时好，而中学的成绩比小学好。有一天，我步行去她学校门口接她。第二天，她有位同学跟她说起我时把我当作她的哥哥。她觉得这太滑稽了，因为她觉得自己成了成年人，现在她长得比我高。我没有怎么笑，但这也没怎么让我感到惊讶。如果我现在还不习惯成为矮子，我永远都不会习惯。

"佛罗伦萨肉馅卷和诺曼底馅饼。"

"玛丽-约塞特来吗？"

"来。你爷爷可能也来。"

玛侬回自己房间去了，留我一个人在碾压煮鸡蛋。

玛丽-约塞特常到这里来过夜。不管怎么说，母亲去世后，我就不去她那里睡了，尽管玛侬现在已经到了可以独立的年龄。玛丽-约塞特说，我执意赖在家里，是怕玛侬带男朋友来过夜。我不承认，但也有可能是真的。

父亲也对我说他要来吃晚饭。尽管他不时在外面留宿，但还是两天回来住一晚，而且比母亲在世的时候回来得更早。他的食欲应该恢复了，因为除非菜做得实在难以入口（比如我去年做的昂热水手鳝鱼），否则他一定会把碟子里的东西吃光。

我猜想，和母亲一起生活对他来说应该不是一件轻松的事。晚上，她先是看电视，假如父亲不幸想看她不喜欢看的东西，她会不客气地对他说："别动我的节目。"至于吃饭，无论是对他还是对我们来说都是一段难过的时光。性生活呢？我不知道他们是否有。也许只有两次，那是生我和塞尔日所必不可少的。我从来没有撞见他们在床上做别的事情，除了睡觉。不过，他们还是同睡一张大床，因为这可能是已婚夫妇必须做的事，而不是他们想做的事。

我也猜想，跟一个因过失而感到痛苦的女人一起生活应该不是一件快乐的事。

所以，他到别的地方去转转，我并不感到惊讶。

我加了一些奶油和蛋黄，切了一些巴马产的干酪，切得比菜谱上说的宽两倍，因为我知道父亲老是觉得我放得太少。

**

他比我们晚起了几分钟，想去浴室淋浴。门关着，玛丽–约塞特在里面。他回到厨房里来找我，我对他说：

"如果你愿意，你也可以带人回来睡。"

他似乎没有意识到我这是允许他请女朋友来他自己家里。

"我想我得在楼下修个淋浴间了。"

"我可以付钱。"

我用母亲给我留下的钱，又从银行贷了一点儿，买了《索拉西报》的一半股份。报纸办得越来越差，赢利却越来越好，收益提高得比质量快。我招了一个新闻系的毕业生来实习，他也去采访小商户（我把大商户留给自己）。我甚至还招了一个摄影记者，按照片发表的张数付酬。我主要负责社论：是否应该在河边建一个公园？我们是否真的需要新建一个图书馆？在马路上扔纸头的人该受何种处罚？我随意回答这类让人感到有趣的问题，但这让我成了一个可怕的人物，各级政客都怕我。

除了工资，我还拥有报纸的一半赢利。很巧，这一年，收入刚好可以用来在楼下安装一个淋浴间。

***

我这是第一次露天做爱。这不是我的主张，而是玛丽–约塞特提出来的。但我并没有抱怨，恰恰相反……

那天，确实是一个美丽的夏日。第一个好天——那些只留意雨天的人说。我不过是约玛丽–约塞特开车去岛上吃白葡萄酒烩肉。那里的烩肉做得并不怎么好，而且有种蔬菜罐头的金属味，但"真烩肉"饭店的女侍应就是老板娘，当我向她打听哪里可以租到机动船时，她主动把自己的船租给了我。

我们在群岛间兜了个大圈。远洋轮在远处慢慢地行驶，就像浮动在花海中。在迷宫般的航道中，我们多次迷路。那天是星期三。可以说没有别的小船。我们只好向一些大船喊叫，希望他们能告诉我们怎样才能回到出发地，但他们继续行驶，好像我们是活跃在众航道间的强盗。

"我们是否先停一停？"玛丽–约塞特建议道。

我们在一个开满黄色和紫色鲜花的小岛靠岸。我在高高的草丛中跟着玛丽-约塞特往前走。不久，她在地上坐下，我也就躺在她身旁。她一只手垫在我的脖子底下，扳过我的脸来吻我。

事情就这样发生了。她撩起裙子，躺在我的身体下面——我很少看见她不穿长裤，所以我敢打赌草丛中的这场吻她是有预谋的。我怀疑她跟别人也在同一地点做过同样的事。但就算我不是第一个，那又能怎么样呢？

我脱掉长裤和鞋子，因为裤腿太紧了……我用鼻尖挪起她的内衣，她那天没有戴胸罩。她到高等商业学校上课时或去"保尔-于斯·斯巴鲁"上班时才戴。我的嘴找到了她的乳头，含住了它。在很长时间里，我就像个婴儿在吸母乳，温柔的肉体和温暖的阳光让我感到暖暖的。我久久地保持着这种状态。

玛丽-约塞特却痛快得轻轻地叫了起来，这声音跟远处的鸟鸣似乎不太和谐。神奇的时光就此结束，提醒我们出现了一种从未有过的昆虫。我一边在她身上不停地扭动身体，一边撑起双臂，欣赏周围的景色。我所看见和听见的跟我下身所做的事情毫无关系，然而，我却感到前所未有的兴奋。也许这正是因为以某种方式来看，我同时在做两件事，抬起头的是一个我，下身在动的是另一个我……一时间，我差点儿要向玛丽-约塞特求婚，但我忍住了。还不到时候。她太有可能接受了，而且……有人在看着我们！

有个人正举着望远镜。

我停止了动作，然后继续，重新压在玛丽–约塞特身上，加快速度。她呻吟得越来越厉害。尽管在很远的地方看着我们的人听不见，我还是对着她"嘘……"

"有人在看我们。"

"啊！"

她在草丛中寻找她的短裤，然后匆匆穿上，我也穿回了我的长裤。

"天气不错啊！"有人在说话，我觉得声音很熟。

我穿上左脚的鞋子，对着那张熟悉的面孔抬起头。

"我是克莱芒·克莱芒。"他轻声地说。

对，没错，就是前探员克莱芒。快，穿上另一只鞋子。我站了起来。

"你们喜欢鸟？"他问。

"不喜欢。"玛丽约塞特答道，她看了我一眼，示意我应该做个介绍。

可我不想。

"你们错了，"那个男人说，"这是美洲最佳的观鸟地点之一。"

"我们该回去了。"

我来索莱尔群岛并不是为了跟一个前探员谈论观鸟的。

"你们能捎我回去吗？我没有船。"

我在想怎么才能拒绝，但没找到办法。

"很乐意。"

***

回"真烩肉"饭店的路上，克莱芒·克莱芒告诉我们，他常常搭渔船到某个小岛，就像今天这样，他总能找到人把他捎回去。他是面对玛丽-约塞特说这番话的，因为他靠她更近，就坐在发动机旁。我听不见他说什么，便不再听他说话。

"我为您父亲感到遗憾。"他突然大声地对着我说。

"谢谢。"

我不知道自己为什么道谢，我突然感到他今天是故意来找我们的。不，这不可能。因为甚至连我们自己都不知道会在今天下午驾船兜风，更不知道会靠近这个岛。不过，如果他是自己开船来到这里，然后借口说自己没船，要我们捎他回去，我也一定不会感到惊讶。

如果玛丽-约塞特不在场，我想我们会谈起我母亲。我几乎敢打赌，他怀疑是我把母亲推进了扫雪车里。幸亏，我有不在场的证明。总之，几乎……当马尔科特要我打电话报警时，我母亲已经死亡。当时我在索莱尔的一家饭店里，离事发地点有5分钟车程。是哪家饭店？"中国儿童"还是"比萨乐"？这么长时间了，谁还记得那天在哪里吃饭？我感到握着方向盘的手渗出了汗。

"这两天如果您到我家来，我有东西要给您看。"我减了一档速度对他说，因为我们已接近目的地。

"您母亲的信？"他轻描淡写地问道。

他知道有那封信！可他那时已不在警察局工作，他没有权力在我母亲去世几天后打开我的信件。也许他在邮局有朋友？或者，他仅仅是借用了我们设在路边的信箱……

重要的是他看了那封信。他知道我母亲是自杀的，因为她杀死了我奶奶。他当时应该跟我想到一块儿去了。如果她感到内疚，她为什么在我被判那么多年之后才结束自己的生命？在她自杀前的几个星期，我曾对她说，我觉得是塞尔日干的。是因为这话改变了事态？难道她不是杀死我奶奶的凶手？或者她根本就不是自杀，是某人把她推到车里的？又或者她是跌倒在里面的？可她为什么要写那封信呢？那封信真的是她写的吗？

我一边看着前进的方向，一边想着这些问题。我觉得前探员这时也在想着跟我一样的问题。

"小心！"玛丽-约塞特突然大喊。

好险！我们差点儿高速撞到"真烩肉"前面的木码头。幸亏，我一松开加速器，船马上就停了下来。坐在船头的克莱芒·克莱芒甚至不得不伸出手臂去抓码头。

***

他上了一辆颜色已分不清的福特都灵，像是黄色，又像是褐色和灰蓝色。

"再见，警官。"

一时间，我忘了他已经不是警察。他摇下车窗，勾了勾食指示意我过去。

"我在孔特尔格开了一家侦探事务所，如果您有什么需要可以来找我。"

"对呀，您已经不在警察局工作了。您出什么事了？"

"我被辞退了。原先，我经手的判决很多，探员是根据侦查的罪案数量和判决的数量来考核的。后来，他们改变了考核办法，根据加权指数来计算。"

我突然觉得他不想告诉我更多，甚至后悔跟我说得太多了，但我对这事很感兴趣。

"怎么个加权法？"

他犹豫了一会儿才承认说：

"根据司法误判。"

"我的案件就是？"

"不是，那不算误判。不管怎么说，法庭没有承认，所以不算指数。"

是啊，我确实不明白人们怎么会把我那样的案子当作司法误判。

"我只有两件，"他悲哀地说，好像想让我伤心，"这不算多。一件误判顶十件正确的判决……"

"现在情况有改善吗？"

"没有太大的改善，但我有一笔小小的年金。我太太已经走了，孩子们也大了，而且我在家里上班，所有花费不多。假如哪天您用得上我……"

我转过身，走了几步。他开动了都灵，又说了一遍，而且说得更加大声：

"我为你父亲感到遗憾。"

我上了奥斯汀，玛丽-约塞特已在车上等我。左边的车门上，五个白色的人像现在已经由专业的美术图案设计者重新画过。重新刷漆的时候，我想既然一定要画，与其让某个业余爱好者来瞎画，还不如好好画一画。

***

"他想说什么？"当我们沿着僧侣路不慌不忙地往前开时，玛丽-约塞特问我。

"什么时候？"

"他说起你父亲的时候。"

"我不知道。"

关于父亲，我从来没有跟玛丽-约塞特说过什么。我们第一次过夜不久，她曾问我为什么我的车身上有那些人像。我说那是我压死的行人。她笑了，说这可不能开玩笑。

我在想她还知道些什么。她肯定听说过我奶奶的事和"毁车赛"的事。也许她以为车身上的那五个人是我弄死的？我觉得没有一个人（尤其是爱我的人）会相信我杀了那么多人。

我抓着方向盘，摇摇头。我现在又产生了罪恶感，尽管我并没有犯过罪。除了76号车的车手，没有一个人因为我而死亡。

至于我父亲，我不知道该怎么看待他。

第十三章

诺尔芒的烩肉

"玛侬到朋友家吃饭了，但玛丽-约塞特要来吃饭。我来做烩肉。"

继塞维尔的西班牙冷餐之后，我想进攻索莱尔的白葡萄酒烩肉。但《拉鲁斯烹调手册》中唯一提到的烩肉是白葡萄酒烩兔肉，跟这里的烩肉显然没有关系。我不会为了这么小的事情而放弃字母顺序或尝试我们这个地区唯一的特色菜肴，所以我临时选择了我最拿手的菜。

我在超市买了新鲜的鲇鱼和新鲜的小豆子，正在餐桌上剥壳。

"我能请个客人吗？"父亲拿着一张报纸来到桌边坐下。

我露出了惊讶的神色？也许，但肯定不是谴责的神色。总之不是很明显，让父亲觉得不得不做解释：

"你知道，都已经五年了。"

"是的，是的。"

难道真的有不成文的规定，禁止鳏夫在妻子去世五年之内再婚吗？真的有人遵守这种禁令吗？也许除了我父亲这种年龄的鳏夫，况且他是雪佛兰–奥兹莫比尔–凯迪拉克汽车的经销商，社会地位非常敏感。

＊＊＊

　　他把吉内特带回了家。我从来不想知道母亲去世后他是否就跟她有交往，但当我在白葡萄酒烩兔肉中加上新鲜的玉米粒和一杯奶油，以代替通常的一罐奶油玉米时，我想父亲想邀请的可能是她。但我随后又否定了这一想法，现在父亲是自由的，他可以找到比那个又穷又瘦的女人好得多的女人。

　　可是，她不再那么瘦，也不再那么一副贫穷潦倒的样子了，至少跟玛丽–约塞特具有同样的魅力，尽管她要大十五六岁，矮五十来厘米。我这样认为也许有点儿傻，但我敢打赌，是因为幸福才让她变成了现在这个样子。我恨他们，恨她和我父亲，因为这种幸福我母亲从来就没有得到过。

　　大家都信誓旦旦地说，我做的白葡萄酒烩兔肉是他们所吃过的最好的烩肉，我却不敢苟同。总之，这根本就不是索莱尔白葡萄酒烩兔肉的味道。下次，我要采用罐头和速冻的鱼，以纪念母亲……

　　我做菜的时候，想得更多的是必须瞒着玛丽–约塞

195

特，不让她知道我跟吉内特睡过觉。我知道这并不那么重要，尽管如此，这事跟我其他真实或想象的轻重罪行一样，毕竟跟玛丽-约塞特无关。

于是，我尽管对吉内特表现得很友好，但同时又跟她保持一定的距离。如果她要嫁给父亲，在这里生活，我一点儿都不会感到惊奇，也不会不高兴。吉内特今晚很开心，笑口常开，也许永远都会这样，因为她现在已经可以说是一个成功商人的"妻子"。但我想，假如吉内特要在家里住下，父亲会希望我腾出地方来。他肯定不太想自己的儿子老是在家里跟他的情妇在一起，况且这个儿子已经跟她睡过觉。

给我们倒了第二杯白葡萄酒之后，他问：

"你们俩怎么样了？"

我明白了——也许玛丽-约塞特也明白——他想知道我们是否要结婚，至少想知道我什么时候会离开家，给他未来的妻子让出地方。

"不太坏。"玛丽-约塞特含含糊糊地说，因为我什么都没说。

她是想让别人知道她不是太想嫁给我，还是想让人知道我对婚姻一直很冷淡？她成功地传达出了这两种意思，我却想改变话题，便问吉内特：

"您还是在中心医院上班？"

她来了之后，我一直用"您"称呼她，她却坚持用

"你"称呼我。

"但不会太久了，你知道，都快二十五年了。"

不，我不知道。我觉得我上次去医院时，她好像就已经很久没在那里上班了。她究竟在说什么？她只送了几年的餐，但这并不排除她以前在那里做别的事情。

父亲注意到我很惊讶。不管怎么样，轮到他改变话题了。

"现在，许多人在卖房子，价格不高。"

不，其实他并没有改变话题。他回到了今晚唯一的重要话题，尽管这句话没有说出来：他想尽快赶我出门。

"万一你搬出去住，楼下修淋浴间的钱我补给你。"

"用不着。"

大门乒乓一声，玛侬回来了，跟我们打了个招呼后便去了厨房。我听见她掀起了白葡萄酒烩兔肉的锅盖，但最后还是弄了一大碗麦片，来到餐厅，坐在我旁边。

"我想买栋房子。"

"哪里？"

"我不知道。"

"哦，是吗？"

我很想问她是想出去跟我一起住还是留在这里，但我什么都没说，我太担心她拒绝跟我走了。玛丽-约塞特却紧紧地握着我的手，想让我知道，如果我有一栋房子，而且我的侄女不跟我们走，她很愿意跟我一起搬出去。

✳✳✳

我难以入眠。

这回，我明白了一些事情，或者说不明白。我明白的东西一直不多，比如，我不知道塞尔日在这件事中做了什么，母亲又起着什么作用。我刚刚所知的一切，就是吉内特当时在索莱尔中心医院工作。证明我父亲在那个星期天下午没有离开医院的清洁工肯定是她。

这是一个伪证吗？也许父亲仅仅是让吉内特在人们怀疑他时替他做个不在场证明？没有任何东西能证明她当时已经成了他的情妇，甚至也没有证据证明父亲当时认识她。但谁又能告诉我他们不是趁那个机会相识的呢？

我越想越发现自己其实什么都不能肯定，除了这一事实：父亲和吉内特是了解一切真相的两个在世者。

我应该好好跟父亲谈一谈。这将是我生命中的第一次，而且已经有些晚了。但他属于那种人，不到迫不得已是不会开口的（在他的公司里，人们说他不用说五十个字就能卖掉任何一辆车子，不管是什么样的客人）；而我则属于那种不喜欢把自己的小事告诉别人的人。我喜欢问别人问题，更喜欢别人问我问题。但如果我不想开口，没有一个人能让我说出我心里在想什么。我在教养所里学会了沉默，父亲则一直知道如何保持沉默。

接着就到了这天晚上，我慢慢地产生了一个揭开父亲真面目的绝好主意。

***

为了撰写我的"索拉西人物肖像"专栏，我去采访贝纳尔·雷诺，他一直是索莱尔最著名的犯罪学专家。我不知道他是否认出了我。我详细询问了他漫长而烦闷的职业生涯之后——不管怎么说，我得写篇文章——才提出了我真正想问的问题，这其实也是我来他办公室的原因。他回答说：对于谋杀案，没有刑事时效。哪怕在杀了人一百年之后（假如他活得够长），人们也可以对他提出诉讼和判决。

这让我尴尬了好一会儿，但我找到了一个办法。

这天下午，父亲在餐厅里坐下，阅读我摊开放在餐桌上的《索拉西报》。报纸要明天才分发到信箱里，但作为报社的合伙人，我有一个小小的特权，就是能比大家提早一天把报纸拿回家。

像往常一样，父亲先是检查他公司的广告。他不费吹灰之力就找到了——横排的半个版，带有通用汽车的正式蓝框——他从头到尾地读，好像我不经他允许就能改变文字似的。他还是那样点点头表示满意。他现在会……

是的，我知道他不会错过的，我在想他会怎么说。我敢打赌他什么都不会说。他读了一遍好像偶然排在他的广告旁边的那篇文章，然后皱起眉头又读了一遍。我用眼角瞥见了他满意的神情，觉得他露出了微笑——尽管转瞬即逝，但毕竟还是笑了。

他翻回了头版，像往常那样慢慢地浏览，看完，他站起来，回到了自己的房间。

我走到桌边，把报纸翻到有"巴齐内-雪佛兰-奥兹莫比尔-凯迪拉克"广告的那个版，仅仅为了让自己开心，重读了我撰写并且放在那里的一篇小文章，写的是二十五年前，一个叫维克多利亚维尔的女人杀死了自己的丈夫后，继承了他的遗产，人们最近发现她就是凶手。但由于对罪行的诉讼时效为二十年，人们现在无法控告她，也无法剥夺她继承的遗产。

我突然想，除了我父亲，是否还有其他凶手，读了《索拉西报》之后，由于这则加拿大报纸上的假新闻而被人抓住。抓住我父亲就够了，但如果不只他一个，那就更有趣了。

＊＊＊

在场的有通用公司的副主席，特拉西和索莱尔的市长也在，还有联邦议员和省议员以及五个神甫。十来个名人——律师、银行行长、大众信用社社长、医生、公证人——大家都有可能买凯迪拉克，至少也是奥兹莫比尔。邀请函上把西班牙起泡葡萄酒说成了香槟，结果把他们都吸引来了，当然，他们也深信能在那里遇到潜在的客户。

甚至还有我父亲的一些竞争者。我认出了玛丽-约塞特的父亲，她告诉我，她父亲打算买一辆凯迪拉克，因为斯巴鲁这个级别的车太不适合生意做得最大的经销商了。

吉内特也在场，穿着一条蓝色G.M.裙子，胸口开得很低。她容光焕发，走到我和我的摄影记者旁边。父亲的公司是《索拉西报》最大的广告商之一，我在那里更多是以报社记者和合伙人的名义，而不是作为老板的儿子。当地并没有太多的新闻，所以报社派最好的记者来报道巴齐内-雪佛兰-奥兹莫比尔-凯迪拉克公司成立二十周年。

"很高兴你能来。你父亲还很担心你不来呢！"

就在这时，父亲走到麦克风前，拍了拍。

"One,two,three."他说着英语，好像麦克风更懂英语似的。

麦克风正常。人群慢慢地安静下来，一百多人需要一定的时间来结束他们的谈话或他们讲的小故事。

联邦议员的讲话有点儿长，我已经听过不下一百遍，所以感觉更长，因为当地的每场活动、每个地方的活动，给工厂剪彩、掀起第一锹土或领取第一张资助的支票，我都听到他同样的发言。省议员已经喝得有点儿多了，感到人群早已厌烦，干脆就不讲话了。离选举还有两年多，用不着浪费口水，冒着说蠢话的危险。至于通用公司的代表，他从"已经见过"到"知道怎么办"，总共会说不到十句法语，他也不想到麦克风前讲话。

于是我父亲上台了。我是第一次见他当众说话，他对自己的成功显得很自豪，对自己成为那么多人关注的对象感到很激动，兴奋得就像一个刚被赦免的囚犯。他感谢大家光临，说自己很高兴为当地经济做出了贡献。我感觉，他说完这句格外长的句子后就会沉默，没想到他接着说：

"我邀请你们来主要是为了感谢我非常尊敬的一个人。我也想把这辆巴齐内-雪佛兰-奥兹莫比尔-凯迪拉克公司二十周年特别款的凯迪拉克-塞维尔的钥匙交给他……"

他身后有一辆很普通的凯迪拉克-塞维尔，被当作巴齐内-雪佛兰-奥兹莫比尔-凯迪拉克公司二十周年庆典的特别款似乎一点儿都不值得期待。

"这个人，所有认识他的人都喜欢他、欣赏他。"

我开始想，父亲不会有胆量把一辆全新的凯迪拉克送给某个愚蠢的议员吧……

"他是世界上我最为之骄傲的人。"

他是脱稿讲的，那种真诚装得非常像，我皱起眉头。可他说的是谁呢？

"他就是我的儿子诺尔芒，本省最出色的报纸之一的合伙人。"

大家纷纷鼓掌，人们为我鼓掌，为我。我坐立不安。我的摄影记者肯定知道庆典的这个环节，他拍了十几张照片，吉内特和其他人则把我推到父亲跟前。他紧紧地把我搂在胸前，这在我的人生中是第一次。

我仰着头想把他看得清楚点。泪水流在了他的脸上，也许也流在了我的脸上。如果我相信上帝，我会祈祷父亲千万不要掉到我用那篇开玩笑的小文章给他设的陷阱里。

＊＊＊

尽管我对所有大或胖的东西都存有偏见，自然也讨厌凯迪拉克-塞维尔，但我得承认，这辆车对《索拉西报》最重要的广告商产生了很大的影响。我从来不相信会有那么多人来做广告，速度那么快。所以我放弃了把它卖掉来气我父亲的念头。

不管怎么说，我那关于二十五年追诉期的小陷阱没有起到任何作用。难道我真的相信他会召开一个新闻发布会，宣布二十年前他杀死了自己的母亲，让儿子顶替他坐了牢？

事实上，我复仇的企图失败了。父亲平生第一次放松了，满意了，甚至高兴了。尤其是现在他已经当了五年鳏夫，可以光明正大地爱吉内特了，这对他来说显然很重要。

他们将在一个月后结婚。当他们向我们宣布这个消息时，吉内特甚至当着玛丽－约塞特的面暗示道，我们可以同时举办婚礼。

"一切都由我来出钱。"父亲补充说。

玛丽－约塞特什么都没说，我也一样。我可能笑了，他们幸福我不会真的生气。

为了让这对斑鸠安安稳稳地过小日子，我终于买了一栋小房子，还是在特拉西，不过是在河对岸。它原先是一栋乡下小木屋，现在四周建了郊外那种带连廊的平房，但需要维修。不过，河边的一栋房子不会让我花多少钱。

在这里，不像在黎塞留，星期天下午能看见一艘艘娱乐小船经过。有时能看见装满集装箱的大船，不常见，但平时和星期天都能见到，它们顺流而下，前往智利的瓦尔帕莱索、美国的新奥尔良，甚至中国的北京，假如那儿有海港。我坐在小屋后面的走廊里，听着波浪拍打河岸，觉得自己是在世界的中心。

　　玛侬有时住在我家，有时住在父亲那里。她在我这里有一个房间，在父亲那里的房间也还留着。

　　一切都过去了，我不再想着复仇，甚至不再想着问问自己应该向谁复仇。

　　我知道我最终会娶玛丽-约塞特，但一点儿都不着急。生活中应该有点儿起码的悬念和意外。为什么要自找烦恼呢？烦恼很快就会自己找上门来的。

　　现在，我的汽车车门上再也没有人像了。我没有请人来刷漆，以前来涂鸦的人面对一辆崭新的凯迪拉克-塞维尔，肯定比面对一辆快要散架的奥斯汀迷你库珀要犹豫更长时间。也许这个人死了，或搬到另外一座城市里去了。

　　又或者，他跟我一样，完全忘了这个古老的故事。也许我们的记忆也只有二十年期限？

公司里的保险柜

第十四章

"是矮子吗？我是加马什。"

"你好。"

自从他在我母亲家安装了中央吸尘器以后，我就没有再跟他说过话，现在他把电话打到我的凯迪拉克里来了。要找到我的手机号码并不太难，问我的秘书就是了（我有个女秘书，现在我拥有了报纸的全部股份）。

"你会坐七点半的渡船吗？"

"不坐。为什么要坐？"

"你必须坐。"

说完他就挂了电话。

他又想要我做什么？在前往办公室的路上，我绞尽脑汁也没想出个结果来。就在我把凯迪拉克停在标着"总编辑"（在我能给自己安的所有头衔当中，我最喜欢这个头衔）字样的车位时，一个念头冒了出来：人像是他画的！那种幽默很符合他的个性，他为人随和，有点儿坏，但不是太坏。我奶奶的事，他跟大家一样都知道。关于我母亲的事，他知道我曾希望她死。关于塞尔日和尼科尔，他可能会以为不管怎么说，都是我的错。至于76号车的赛车手，那是众人皆知的。想为那个玩笑道歉？那玩笑持续了很长时间，却没有让任何人发笑。想威胁我？如果我不为自己的小屋订购一套中央吸尘机，他就重新开始？

　　但我不会去见他。首先，他说的是什么渡船？这里的人首先会以为是来往于索莱尔和河对岸圣伊尼亚克德洛亚拉的渡船。但圣罗什和黎塞留河上的圣图尔之间也有接驳船，圣安托万、圣马克也有……

　　好奇心最后还是占了上风。下午4点，我打电话给当色罗电视台的老板皮埃尔·当色罗：

　　"皮埃尔吗？打扰了，我遇到了一个小问题，今晚的聚餐能推迟吗？"

　　"问题不大，你到时候再打电话约我。"

＊＊＊

　　7点32分，"卡特琳娜-勒加德"号离开了索莱尔码头。我不知道该待在车里还是出来走到甲板上。船解开缆绳后，我在凯迪拉克里等了2分钟才走出来，希望吉·加马什没来赴约。我怀疑没什么好事。

　　我站在甲板上，靠着栏杆，看着索莱尔慢慢远去。自从我在这个地区生活以来，这座城市变得越来越难看，越来越多的工厂经营困难，许多已经关门，剩下的只要还开工，就无所顾忌地污染空气、水和土地。当人们威胁他们说如果不加改善，就要关他们的门时，他们则以搬迁来反威胁，于是人们只好求他们留下来别走，结果什么都没有改变。我看着这座悲惨、灰暗、疾病缠身的工业小城，确实，天空阴沉得就像雨天……

渡船的甲板上，只有十几辆汽车，更增添了这种忧伤气氛。

我走进供行人休息的船舱，如果加马什不想让别人看到我们在一起——这也许就是他约我到这个匿名地点见面的原因——他可能会藏在那里。里面一个人都没有，我站在窗前，不想错过任何景色，以为加马什肯定不会来了。

"你好。"我耳边响起一个轻轻的声音。

我没有转身，眼角瞥见身边有一团黑影。

"你在看那艘大船？"

港口只有一艘船。等渡船的时候，我看见人们从侧面的大门卸重工业设备。也许是给魁北克水电公司的涡轮机，或者是零件被拆散的起重机，或者是周边哪家工厂的机器，它也许比别的工厂生意好，也有可能被合同所逼，不得不接受它不再需要的设备。我明天得让那个实习生来了解一下。《索拉西报》的读者特别喜欢经济方面的利好消息。当我没有振奋人心的消息告诉他们时，没有什么比某家工厂开业或机器到达的照片更让他们高兴了。

"星期一上午它就要回去了。回非洲。"

"是吗？"

"船舱里装满了汽车。而且，全是通用的车子。你知道一辆凯迪拉克，哪怕是一辆雪佛兰卡普里斯在非洲值多少钱吗？"

他在等我回答，还是在告诉我之前想戏剧性地停顿一下？

"起码翻倍。"

我懒得跟他说这谁都知道，而且，如果翻倍的话，在尼日利亚开辆雪佛兰都已经很贵了。我在琢磨他到底想干什么，我觉得他好像认为只有我一个人能知道这个信息。我今天很笨，因为我根本搞不懂。他决定再给我一条线索，就像我是电视上问答游戏的参赛者。

"其实，巴齐内-雪佛兰-奥兹莫比尔-凯迪拉克所有的新车都放得下。"

天哪！我的神经一下子紧张起来。我还不知道为什么，但已经感到不安了。加马什，再给点提示？

"外面的场地有103辆，里面有12辆。我昨天数过。"

现在，我几乎可以肯定他在想什么了。

"我们所缺少的，就是钥匙。大家都知道钥匙在保险柜里，我们要弄到密码。"

"不可能。"

他知道我一开始肯定会拒绝，因为他马上就亮出了我

211

抵挡不住的诱惑。

"给你10万加元。保证给，哪怕事情失败。而且，事先就给。"

我假装在思考。是的，10万加元，如果我能赚到，我会高兴死的，因为这是《索拉西报》五年利润的五倍。但不能跟加马什的同伙勾结。

"不用缴税。"他强调说，"总之，甚至不会影响你父亲，反正他有保险。"

"如果他没有买保险，或者保险公司不理赔，那会怎么样？"

加马什摇摇头。在这之前，我一直看着眼前流逝的景色：特拉西的工厂、河上的波浪、越来越近的圣伊尼亚克的树木。现在，我转眼看着他，态度十分坚决。他向我弯下腰来，轻声地说：

"你父亲结婚了，当他要死的时候，你想他会把钱给谁呢？"

当然，他将把自己的财富都给他太太——也许多亏了她他才赚了钱，才留下了财富。也因为我。可我不在乎。我既不需要他的钱，也不需要加马什的钱。

我摇摇头，他不高兴了。如果胡萝卜还不够，就要拿出大棒来了。

"你还记得特拉西那小子的猫吗？他抱怨玛丽-维克多林路太吵。"

　　我记得。我从来没有见过那只猫，但我记得那人恐怖的眼神，他来求我在《索拉西报》写篇文章，说他现在非常满意他家门前道路上噪声的大小。

　　"有的人养猫，"加马什补充说，"有的人养侄女。"

　　我已经料到，所以当了缩头乌龟。加马什递给我一张纸头，上面写着一个电话号码，并注明"星期天11点"，然后就走开了。我在那里待了一会儿，看着索莱尔慢慢地消失，而这个没有阳光的漆黑的夜晚则蔓延到河上和附近的对岸。

＊＊＊

　　这是我一生中赚得最容易的10万加元。

　　我替父亲工作时，他把保险柜的密码告诉了我，因为他怕自己忘了。但在那个星期六下午，我还是谨慎地打电话给他。

　　"哎，你是不是经常更换保险柜的密码？"

　　"不会啊，为什么这么问？"

　　"我刚刚收到加拿大新闻的一条快讯。他们建议每两三年换一次保险柜的密码。他们说，有时，某些经济困难的老员工，比如……"

　　"我会处理的。"

他说话的口气并不像要去更换密码的人。总之，不会马上就换。

我知道，星期一一上班，看着保险柜开着，所有的汽车都不翼而飞，他肯定会怀疑我。但我才不在乎呢！首先，如果他控告自己的儿子，保险公司不会爽快地赔付；其次，如果他仍然要控告我，我有一件对付他的武器：我知道对于谋杀案是没有诉讼期限的，所以，他、吉内特和我都有可能坐几年牢。

最让我感到担心的是玛侬。还有一种办法，那就是卖掉我的《索拉西报》的股份，和她一起移民到其他国家去。但是，如果说他们能租船去非洲，那他们也可以派杀手去加德满都。

我拨打了加马什留给我的电话号码，回答我的是一个女人的声音，是预先录制的：

"请留下您的电话号码。"

我说出了密码。

就这样，事情办成了。非洲的几个百万富翁很快就将坐着凯迪拉克兜风，其他人就没那么幸运了，只能坐奥兹莫比尔，甚至雪佛兰，喜欢跑车的将在科尔维特和科迈罗之间做出选择。

不久之后，我听见前厅有声响，便过去看。

地上有个厚厚的信封。

***

电话铃响了，是警察局打来的。巴齐内-雪佛兰-奥兹莫比尔-凯迪拉克公司发生了严重的盗窃案。每当有什么事情发生，他们总会通知我，而我几乎不用花钱，只须答应他们，如果警察有麻烦，我会轻描淡写。醉酒抓人、打汽车司机，他们出什么事都没关系，他们的照片永远不会被登在报纸头版，除非他们做出了不可思议的英雄壮举。

"我马上到。"

我挂上电话。

"你去哪里？"

玛侬正在厨房里用午餐。

"你爷爷的公司发生了盗窃案，车库里，但他没事，他在家里。"

她继续埋头喝她的麦片。

***

"昨晚10点，就在播新闻之前，车子还全在那儿。今天上午7点，我起来去上班。到了公司，我从窗口看了一眼。你们知道发生了什么？"

说话的是科努瓦先生，他就住在公司对面的屋子里。他试图跟我讲述发生了什么事情，尽管他并没有看到任何有用的东西，却尽量增加悬念。我知道他的故事将如何结束。

"不知道。"我还是装出什么都不知道的样子。

"什么都没有了，一辆车都没有了！"

盗贼那么机灵，让他佩服得五体投地。

"我什么都没有听到，偷车贼好像是坐着飞毯来的。"

我比他更能想象那种情景。有多少辆车要偷，他们就有多少人。也许还是摩托帮俱乐部的成员呢！他们应该不是乘飞毯来的，而是坐公交车或卡车来的。有人去保险柜拿了钥匙，然后分发给他们。他们是排队走的，就像一支送葬的队伍。10分钟后，所有的汽车都来到了"北方灯光"号的船舱里。当那些家伙在索莱尔的酒吧庆祝时，船很快就起锚了。

不，这样做不太小心。公交车将把他们送回藏匿摩托车的偏僻之处，那里离特拉西很远。他们乖乖地回到家中，每个人口袋里都装着几千加元，那是工作不到一小时的报酬，而且一点儿也不累。

我父亲也赶到了现场，他显得非常冷静。我当着警察的面采访他。

"谁知道保险柜的密码？"

"只有我自己。我把它放在银行的保险柜里，以防我万一出了什么事。"

"有些人手指一碰就能摸清密码。"一个警察插嘴，他掩饰不住自己对强盗们的敬佩，"要花5万或1万加元，这要看保险柜里面装着什么。我们有一次逮住一个，他在勒吕克钻石商店演示给我们看。2分14秒。我还记得，我们给他掐着秒表。"

"他们弄走了多少辆车？"

"112辆。如果找不回，保险公司就必须赔。"

"找不回来的，死了这条心吧。"那个警察骄傲地说，"在我看来，它们已经远走高飞了。在我们说话的当儿，那些汽车已经在新爱尔兰或波士顿了。我们唯一的机会，是看看它们是否还在附近的油漆车间。我们将从那里……"

克莱芒开着他的都灵来了。他跟我打了个招呼，然后对父亲做了自我介绍，好像父亲不认识他似的。也难怪，他们有二十多年没见面了。

"我现在在保险公司上班。"他解释说。

我走开了，我的摄影记者却在继续浪费胶卷，拍一些没用的照片。没有什么比一个没有人看的展览大厅更悲壮的了。很抱歉，"北方之光"已经启航，我将为自己保持职业生涯中的最佳记录。

我去办公室写稿，那个警察说的话让我心烦意乱。这么说，保险柜大盗只需几分钟就能破译密码。如果他们能找到价格是我的十分之一、二十分之一的专家，他们为什么还要给我10万加元？难道他们也想腐蚀一份乡村小报的老板？

才不会呢！我太傻了，没有早点想到：这些加元是假的，或者是钱的号码早已被警方掌握，那是从银行抢来的钱或是勒索赎金。所以，我干了这么一点儿事就得了这么多钱，这就一点儿都不奇怪了。如果我胆敢使用一张，我肯定会被抓住，那时我该怎么说？说我把父亲保险柜的密码告诉了一个叫加马什的人，而我既不知道他住哪里，也不知道他的电话号码？电话号码簿上已经找不到他了，我那天查过，甚至在"黄页"的"吸尘器"栏中也找不到。

我想我也许可以在索莱尔或蒙特利尔找到一些人，给他们七成到九成的佣金，让他们给我洗钱，但我根本无法知道这些人当中谁没有被警方监控，我可不太想再在黑暗中生活几年。

关于那10万加元，我现在只有一个问题：把它们藏起来还是烧掉？

***

这次，我根本来不及下车。"卡特琳娜–勒加德"号一离开码头，加马什就来拍我的车窗了。我给他打开车门，他坐到我旁边，神色紧张。不紧张才怪呢!

"你看了报纸没有?"他问我。

"看了。"

我当然看了蒙特利尔的报纸。"北方之光"在蓝色海岬海域沉没了，两个船员淹死。但货轮在索莱尔卸完货之后应该是空的。当加马什再次约我的时候，我想这次肯定与事故有关，但我不明白事故是怎么发生的。

"船并不是空的。"

"汽车在里面?"

"是的。钱还在吗?"

"干什么?"

"你得把它还给我，因为我要还回去。"

"我已经用完了。"

"一半也行，总比没有好。"

"我全都烧了。"

他看着我，既怀疑又不安，但我觉得他的不安多于怀疑。

"我想警方一定知道钱上的号码。而我做这件事情仅仅是为了我侄女。"

"这么说，一分钱都不剩了?"

"分文不剩。"

他相信了我。接着，他声音里似乎带着哭声，说:

"他妈的! 我真倒霉! 不像你。"

加马什打开车门，走了。

我有运气？太滑稽了，我才不这样认为呢！然而，我确实很幸运。我有玛侬、玛丽-约塞特，有一份报纸、一座房子，甚至还有一辆巴齐内-雪佛兰-奥兹莫比尔-凯迪拉克成立二十周年特别款的凯迪拉克-塞维尔。

我数着我的幸福，不管是大是小，心想，对于一个因奶奶被杀而受到不公正判决的年轻人，应该说我还算成功。我扫了一眼后视镜，寻找加马什的身影。我应该帮助他，但我没有看到他。他一定是回到自己的车里去了，我从来就没看到过他的车。9月底，寒风凌厉，我不太想下车去寻找加马什。

克莱芒的脑门

第十五章

　　有人打电话向我爆料，说有人匿名报警，有具尸体被扔在了雅玛斯加河上。我马上赶去现场。

　　自从上次跟加马什见面后，所有似乎跟摩托帮有关的事不管大小都由我负责。我为玛侬感到担心。他们知道是我卖给他们保险柜的密码，肯定会进行报复。加马什能让他们相信我真的烧掉了他们的10万加元？如果那些钱像我所认为的那样没有用处，就不会有人再提起；但如果还有用，他们就会来找我或玛侬的麻烦。想知道他们会对我们搞什么阴谋，最好的办法就是尽可能贴近他们。而且，我很注意不要写任何让他们不高兴的东西。我想，如果我不招惹他们，他们也不会跟我过不去。我清楚地知道，我作为新闻工作者的廉正将受到巨大的质疑。从来不隐瞒细节、不说瞎话的记者会谴责我的！

　　在连接雅玛斯加和雅玛斯加东的大桥底下，潜水员浮出了深绿色的水面。他发现了一辆汽车，他认为是不久前沉没的。一个警察去找牵引车，潜水员拿着绞车的钩子又下了水。

　　不久，汽车出现了。是辆本田，也许还不太旧，但很难看清，因为车上布满了污泥，泥水滴得到处都是。警察让车子晾了一会儿，这时，潜水员脱掉潜水服，这套衣服防寒，但更多还是防止污染。

　　这时，我听见远处的狗叫了起来。不，这不是狗吠，而是大家都非常熟悉的黑雁飞过所发出的嘎嘎声，越来越多。我抬起头，没有马上就看见它们组成的大V，因为根据它们的声音来判断它们的方位，我们往往会弄错。突然，它们就几乎来到了我的头顶。每年都那样。当我看到秋天的第一批大雁飞过，我就在寻思是否要买一杆枪来驱赶它们，但我每次都做了否定的回答。

　　汽车的后备箱用起钉器一下子撬开了。湿透了的睡袋里装着一具尸体，警察割断了绑在头部的绳子，扒开袋口，尸体的肩膀露了出来。

　　"你认识他吗？"

　　毫无疑问，那是加马什。他的脸已经肿胀，布满了伤疤与瘀斑，都快让人认不出来了，但我敢肯定就是他。警方知道在下黎塞留，我认识的人比他们多。

　　"你不认识？"另一个警察问。

　　"不认识，我从来没有见过这家伙。"

　　我只能撒谎。如果我说我认识加马什，如果人们把此事与巴齐内-雪佛兰-奥兹莫比尔-凯迪拉克公司的盗窃案联系起来，我的危险就大了。不过，万一人们知道我以前就在教养所里见过他，且为《索拉西报》采访过他，我也可以说，现在他面目全非，地狱天使好像折磨了他一夜。

我及时回到车子旁边，弯下腰，靠着左侧的轮胎吐了个够。两次胃痉挛之间，我用眼角扫了一下警察，只有一个警察看着我，他可能觉得我精神太脆弱，看见尸体受不了了。

我差点儿想对他说，我感到难受，更多是因为我背叛了朋友。我越想情况就越糟：我确实背叛了我童年时期唯一的朋友。

＊＊＊

我的实习生从警察局回来了，我之前派他去打听从雅玛斯加河里捞上来的那个人的葬礼情况。死者的身份已经弄清，是一个叫作加马什的人，曾经卖过吸尘器，与摩托帮来往密切。谁都不认识他的家人，也没有人来认领他的尸体。他最后肯定会被送进大学，让医学院的学生们笨手笨脚地解剖；要么就被弄到中专学校，被学习尸体防腐处理的人精心呵护。

如果我的车门上还有人像，我会再加上一个。这次，他真的应该加上。

***

我利用酷暑的最后几天来粉刷屋子。我喜欢这种体力劳动，而且，为了买下《索拉西报》，我已经债台高筑。这份报纸没给我带来太大的收益，除了我作为老板和总编的微薄工资。何况，顶着这些头衔，又开着这么一辆豪车，再也没有人敢向我行贿或请我吃免费大餐。

玛侬有空的时候也会帮我一把，但那天下午她没空，她有游泳课。为了换掉刺眼的黄色，她选择了我不是很喜欢的浅绿色。可如果她喜欢，我又能怎么样呢？

我站在梯子上，粉刷面对着河流的那堵墙的上方。

"这颜色很漂亮。"有人说。

我听出了克莱芒的声音，我向他扭过头。我这是第一次从高处看他，他已经开始脱发，脑门上的皮肤很白，好像阳光永远照不到那里。

"谢谢。保险生意怎么样？"

"我离开那里已经有一段时间了。"

"是吗？"

"你父亲雇用了我。"

"啊？"

"当保安队长。"

我爬下梯子。一方面是因为我的活儿干完了，另一方面也因为我觉得克莱芒队长想跟我聊聊，他才不会去跟正忙于秋季园艺的女邻居们说话呢！而且，他谢顶的脑袋让我看了很开心。

"我得承认我在保险公司快要被炒鱿鱼了，因为我常常站在受害者一边。保险公司招聘调查员，不一定是为了找出盗贼或纵火犯。他们希望的是不赔付，让顾客不明真相。一个好的调查员能节省上百万加元。"

他帮我把梯子搬到远一点儿的地方。

"您给他们节省的钱不够？"

他点点头。我觉得他有点儿伤心。

"以您父亲为例，只有他一个人知道保险柜的密码。密码写在一张纸头上，放在银行的保险箱里，但谁都没有碰过。安装保险柜的人十年前就死了，那是世界上最诚实的一个男人。于是，保险公司里便有人认为是您父亲做的手脚，让人偷走了112辆新车。"

他是在给我设局挖陷阱吗？我也许会说，知道密码的可能并非父亲一人。我可以发誓，塞尔日也知道，他生前可能告诉了别人。但克莱芒怀疑我父亲，这并没有让我生气，况且他也找不到任何不利于我父亲的证据。他的汽车全都沉入了大西洋底。盗窃同伙也知道，如果他们不想像吉·加马什那样沉尸河底，最好什么都不说。更何况克莱芒现在是我父亲的雇员，他为什么要设法控告老板呢？我父亲很有可能是为了让他闭嘴才雇佣他。所以看见有人把我犯的罪嫁祸于我父亲，我觉得这是一种报应，于是我只说了这么一句：

"他任命你为保安队长，这很好啊！"

"其实，我主要是守夜。"

我重新爬上梯子。他把油漆桶递给我，然后在草地上擦干净自己的手指。我转身对着墙壁，把刷子伸进厚厚的蓝色油漆中。他应该离开了，但他并没有走。

"您知道我有时在想什么吗？"他带着通常的那种亦真亦假的真诚问道。

"不知道？"

我不肯定自己说的这个"不知道"后面是否跟着问号，但好像是的。

"现在，您父亲已经再婚，如果您还能从他那儿继承遗产，我倒是奇怪了。"

"以后会怎么样？"

我说了这话？我不敢肯定。我听克莱芒说话听得太专心了，都忘了自己在说什么。

"我要是您，这就回去给他打工。"他接着说，"这样，您起码能继承他的公司。或者，找个人结婚，生几个孩子。爷爷嘛，总不会忘记自己的孙子。"

他没有再说什么。后来，当我的刷子要重新蘸涂料时，我转过身几秒钟，想对他说，世界上我最不感兴趣的事情就是成为巴齐内–雪佛兰–奥兹莫比尔–凯迪拉克公司的雇员或老板。但他已经走远。他的脑门上有一块小小的蓝点，正好跟我刷子上的颜色一样。

我要喊住他告诉他这事或其他事情？

不了，让他快走吧，管他脑门上还是脑袋里是否有斑点。

吉内特的西柚

吉内特邀请我们晚餐。这是她嫁给我父亲之后的第一次。应该说，我拒绝参加他们的婚礼，结果把关系搞僵了。我解释说，我根本不想结婚。父亲没有反应，但我们几乎七个月没有说话了。其实，我们即使不冷战，可能也没有多少话说。所以，他对我生气或我对他生气，也许都是我自己想象的。

吉内特的烹饪水平有了很大的提高。总之，她不遗余力。螃蟹肉冻、白汁牛肉、洋葱干酪丝煮布鲁塞尔白菜……她是不是也像我那样，为了做一顿饭，买了一本《拉鲁斯烹调手册》从头学到尾？不管怎么说，她偷工减料了，因为她给我们做的甜点是西柚烤枫糖，我觉得这跟法国美食甚至跟随便什么美食都不匹配。

不过，我得承认，在她做的菜中，没有任何速冻的东西，也没有罐头食品。但这并不意味着我就会喜欢。为什么？我也不太知道。也许是因为我也结婚了，我对玛丽-约塞特没有什么不满的地方，可我觉得自己结婚的理由不充分：怕玛侬去上学后我一个人孤孤单单，怕我脑血栓时没有人替我叫救护车而凄惨地死去，怕自己成为一个干瘪憔悴、行动不便的老人，就像我上星期去老人院所遇到的那些人。有人告诉我院长贪污寄宿者的钱，差点儿把他们饿死。要不就是害怕成为一个老处男，父亲甚至都没想到要给我留一块钱的遗产。

然而，我才35岁，我不应该想到衰老、想到死，看到63岁的父亲开心得像个年轻的新郎，我应该高兴才对。可是，年轻的新郎是我，应该开心的是我。

"今天上午，凯迪拉克懒洋洋地不想动。"

我说这话是为了说一些跟自己的心情相符的事情，首先是想让父亲生气。结婚以来，我对他产生了极大的愤怒，好像是他强迫我这样似的；或者是我意识到，结婚以后，我就变得跟他更像了。

今天上午，它还是像往常那样，时速不到30公里。汽车起步时没什么劲，这并不奇怪。但每当我要批评凯迪拉克，我总是要让父亲知道。

"你要注意，打火时不要踩油门。"

父亲很喜欢谈论汽车，尽管在这方面话也不多。这也是塞尔日喜欢的话题。我只是要抱怨时才谈起汽车。

"我知道怎么开车。奥斯汀从来就没有这种问题。"

父亲做了个鬼脸，这正是我所希望的。

"你的奥斯汀是喷油发动机的？"

"不是。"

"如果是喷油发动机，转动钥匙时不能踩油门。"

"我跟你说过我没有踩。"

"车子动了？"

"我得拔掉喷油嘴，然后死踩油门。"

父亲伤心地摇摇头：

"你往火花塞上喷油了。"

"没有，否则，它不会动。"

"你最好还是把它洗一洗，然后换换油。明天到修理车间去。"

"我宁愿去吉盖尔修理店，那里更快。"

这场谈话，表面看起来应该说还是很平和的，完全没有火药味，其实酝酿着一场小战争，甚至是大战争。玛侬、玛丽-约塞特和吉内特都意识到了。

"你们觉得我做的西柚怎么样？"吉内特利用争论的间隙笨拙地问。

"很特别。"玛丽-约塞特同样伤感，"你得给我菜谱。"

"开凯迪拉克的人，不能到小店里去修理。"父亲固执地继续说。

"我又不是买来的。"

"没有人强迫你一定要。"

"他们没有说要什么颜色的菜谱，"吉内特又插嘴道，"但我要了玫瑰色的，我觉得它更漂亮。"

"我不知道还有条件。"我一边说，一边用餐巾擦嘴唇。

我和父亲继续冷冷地争吵，一句接着一句，就像两个国家互相仇视了好几个世纪，现在终于找到了交战的理由。我们争吵的理由是什么呢？也许是因为我们现在都有了老婆，都不需要彼此了——不需要互相支持，也不需要送我们进监狱或一下子偷我们112辆汽车了。

我们不会揍对方，但或迟或早会站起来。他会说："你走吧！"与此同时，我也说："我正想走呢！"在这之前，我们各自都找话来表明今晚我们彼此是多么仇恨对方，只是没有公开说出来罢了。

"凯迪拉克就是凯迪拉克，要好好待它。这不是条件，而是大家都知道的道理。"父亲强调说。

我一时间语塞。玛侬坐在他和我之间的桌子一角，抓住我的胳膊。自从她在我家长住，我和玛丽-约塞特组成一对以来，我可以说成了她父亲。然而，我有些犹豫。我不想当一个好父亲，也不想当一个好儿子……

"当通用公司能像日本人那样制造汽车的时候，我们再来谈这个问题。"

说完这话，我就知道自己过分了。我们从来没有当着父亲的面提到过有日本汽车这种东西的存在，除非是用同样的句子和同样的口气来控诉它，说那种汽车如何缺乏个性，如何脆弱，或如何不舒服，不适应北美人的体型。

　　尤其是玛丽-约塞特，她非常注意，从来不提醒我父亲她父亲是他的竞争对手。如果他卖福特或普利茅斯，可能不会有问题，可要是卖斯巴鲁，那还不如去当化粪池的淘粪工。

　　"如果你那么讲究，就滚到日本去！"

　　父亲的回答并不比我的回答理智多少，但现在说什么话已不重要，我已经结婚，早就是个成年人了。父亲认为我的任性都是从他那里遗传的，我则觉得现在到了该顶撞他的时候了，哪怕是为了一件小事，而我应该跟他谈的其实完全是另一件事。我站起来，把餐巾扔在我的西柚上。

　　"我想我是得去日本。"

　　"去了就不要回来了。"

　　争吵结束了，我和父亲也断交了，如果不是一辈子，起码也要几年。

牛仔的陷阱

"关于候选人，我们只想到了你。"

一拿起电话，我就丝毫不怀疑这是克洛德·西古安的一个笑话。这位前"深夜牛仔"现在成了"电话牛仔"。他常常恶搞索莱尔和特拉西的同乡，首先找些有点儿名气的人。自己很开心，别人却不一定那么开心。我早就想到总有一天他会找到我头上的。今天上午，果然来了。他假装是热拉尔·旺达尔，想让我相信他要让我成为下一届选举的候选人。我才不会上他的当呢！

不过，他的做法并非不可接受。人们宣布了三个候选者，第一个是卸任议员，一个著名的酒鬼，他涉及职务腐败，正接受调查（我从一个总的来说还比较灵通的渠道得知，总理不想再用他了，可能更多是因为他酗酒而不是腐败）；第二个候选者是某政党的一个台柱，也是一个不干不净的人，只要有机会就会卷入腐败案中；最后一个候选者是另一个政党的叛党分子，在当地名气很大，但他曾说总理是个早熟的老蠢货。正式提名的大会将在两个星期后举行，现在急于找到一个合适的候选人。人们想到了我，这太奇怪了，因为我从来没有从过政。但也不是完全没有道理，人们也许意想不到，也不是完全胡来。现在人们想到了我，这让我感到高兴。西古安要捉弄我并不那么容易。

"不，谢谢。我不从政。"

"人们就需要一张新面孔，尤其是一个熟悉当地的人。"

这个理由很充分，我比任何人都熟悉黎塞留地区。公共服务部部长、当地党派组织负责人热拉尔·旺达尔的声音被他模仿得惟妙惟肖，但我还是推托：

"我刚刚结婚，白天有其他事情要做，晚上也同样。"

对方突然爆发出短暂的大笑。我后悔刚才说晚上有更好的事情要做，本来，我想把话说得轻松点，但担心这话在电台播出后，听众不但没有跟我一起笑，反而嘲笑我。

"总之，谁也不敢肯定自己能被选上。"他补充道。

他说漏了嘴。我觉得，一个政治家绝不应该在劝同辈从政时安慰他说有可能失败。

"总理也一样，"另一个声音插嘴说，"所以我们才需要像您这样的人。"

西古安很厉害，他装出总理好像在用另一台机器听我们谈话的样子，突然插话了。他活灵活现地模仿着大老板庄严而疲惫的声音：

"巴齐内先生，您好吗？"

"不错，谢谢。"

"听着，如果壁柜里的尸体让您感到害怕，我们是有办法来解决的。"

我知道西古安想干什么了。这混蛋，欺人太甚，企图让我当众谈论我奶奶的死。

"我已经让司法部部长过问您的事，"那位假总理接着说，"尽管媒体上都在说，但您那时才10岁。今天，我们只派您去儿童医院巡视一个下午。要是我是您的话，我是不会背这个黑锅的。"

"我不会背黑锅的。"我坚决地说。

"这么说，您答应了？"

"我从来没有从过政，我也不愿意从政。"

"您呼吁扫雪车前必须有人看着，这就是从政，而且，已经得票了。"

"可我实在是没有时间。"

好像总理能知道我在母亲去世后发起的那场宣传运动似的！我赶紧挂上电话，怕自己说蠢话。

***

一个星期以来，我在家里吃早餐时坚持听"电话牛仔"的节目。我觉得，除了暗示我的新郎官之夜，我并没有说什么让听众取笑的东西。我甚至小心地避开了人们的嘲讽，比如——我几乎可以肯定——听到假总理的声音时高兴地惊叹。但完全失败的谈话西古安也会播出，他从来不会感到不好意思。

"电话牛仔"一直没有什么内容。明天，我要换台，我听够了乡村音乐和西古安的玩笑。可三天来我已经下了三次决心，明天我能做得到吗？

听到邮递员的车子停在我家的信箱前，我便出去拿邮件。有封来自司法部的信。我把它拆开。

我得到了宽恕。我的案底被销毁了，好像我根本就没有杀死我奶奶。

但我花了足足5分钟才想起来，我并没有杀她。

***

卸任议员愁眉苦脸，那是一个整天喝酒的家伙。他有两个主要政敌，其中一个神秘地对我笑了笑，但丝毫没有扬扬得意的味道；另一个得知党内高层更青睐坐收渔利的第四者时，好像决定正式投靠竞争对手。

我不可能知道谁将在这场提名大会中胜出，其实这不是提名大会，因为候选人已经选出来了。在所谓的基层人员当中，我跟其他人一样什么都不知道，其实那都是一些小商人，他们之所以出席，是因为靠近执政党就像参加社会俱乐部一样有用，但也不见得更有用。大部分人都流露出高兴的样子，他们所知道的一切，就是上面有人允诺他们说，候选者将团结所有的人，是个在商界受尊敬的人物，但在政界是一个新人。有的人好像已经知道，但什么都不说。我怀疑他们其实什么都不知道，只是想装出了不起的样子。就连我也这样，当别人问我的时候，我也摇摇头，好像我什么都知道，但答应不外传。

热拉尔·旺达尔登上哥伦布骑士厅的讲台，拍了拍麦克风，"One, two, three."，然后开始长时间地说起开场白来，强调恢复政党统一的必要性。我站着睡着了，但能感觉到周围群情激奋。大家都急于知道谁将领导政党走向旺达尔对黎塞留地区允诺的辉煌胜利。

"我们不再等。"他把我们晾在那里足足10分钟，讲了一通没有一句值得我记录在笔记本的话之后，接着说，"现在，我向大家介绍谁将是我们这场选举的候选人。女士们，先生们，黎塞留未来的议员是……"

门开了。

克莱芒·克莱芒走进大厅。

大家一时惊呆了，然后掌声稀稀拉拉地响起。这个保安羞红了脸，摆动双手做否定状，等掌声平息了，他把门开得大大的。另一个人走进了大厅。

是我父亲。

掌声又响了起来，非常热烈，来自全场，越来越响。有人兴奋地大喊，带动了全场的欢呼。人们把我父亲举在头顶，高唱："他赢得了肩章，当上了军官。哦嗳哦嗳。"这是一场狂欢。

父亲经过我身边时，怪异地看了我一眼。也许有点儿惊慌，或是寻求我的赞同，或者在想我到这里来干什么，他就没想过自己到这里来干什么。

他对着麦克风说了几句话。我都认不出他来了，他说话清晰，那种真诚的语气我在其他候选人身上从来没有见到过，可二十年来，我倒是在其他地方见了或听了不少。他说起了本地区的经济，但只讲了两三分钟，一点儿废话都没有。如此简短的讲话让大家感到有些惊讶，他们过了一会儿才反应过来，大声鼓掌，鼓掌的时候显得格外激动，因为他们喜欢这个意想不到的新人：一个不讲任何废话的政治家。

加皮卢饭店的雪茄

第十八章

我好像要成为议员的儿子了。问卷调查表明，我父亲
领先5.9个百分点。《索拉西报》——也就是我——没有表
态。我甚至还写了一篇社论，提到这场选举最迫切需要解
决的问题是我们这个地区的经济，它需要政府所能给它的
一切帮助。如果仔细阅读我的文章，人们会明白我是希望
父亲失败的，因为他的政党现在已经面临失败。但很少人
能读懂这篇文章，在索莱尔和在特拉西都一样。

我父亲读懂了。

***

加皮卢是我喜欢的一家饭店。

那里的菜肴并不比其他地方好，但餐桌之间是隔开
的，隔板高得足以让人感到放心，有私密的空间。

我往往坐在最里头的桌子前，呷着咖啡，敲着手提电
脑的键盘。

突然，吉内特进来了，后面跟着克洛德·西古安。他已经深深地感觉到了自己的可笑，所以十多年前就不再戴牛仔帽了，但仍然穿着尖头的鳄鱼皮靴子，走起路来还是像牛仔一样，飘飘荡荡摇摇晃晃，弯着双腿，尽管据我所知，他从来没有骑过马。他帮吉内特脱掉大衣，然后又脱掉自己的外套。

我藏在自己的小隔间里，不想跟他们说话，既不想跟他说，也不想跟她说。

我敢打赌吉内特有任务，她是要为父亲的选举搞公关，比如说，约见媒体。这任务并不累，因为算起来统共也就六七个人。我想她最后是不是也会打电话给我，在加皮卢请我吃饭。

他们坐在我对面角落的一张桌子前。想要观察他们而又不被他们看见，我只须伸长脖子，在隔板上面偷看一眼。

西古安有台便携式录音机，就放在桌上。与候选人的太太进行录音会谈？不，起码没有马上进行，因为他没有打开录音机。

女侍应走了过去。我离他们太远，听不到他们点什么，但我敢打赌他们肯定要了雪茄白菜卷①，这是中午的特色菜，几乎每天都供应，因为这是索莱尔最好的菜。女侍应点完菜后就走开了。

---

① 这是一道用菜叶包馅而成的菜，并无雪茄。

西古安在餐桌上伸出头去，吉内特也同样。他们想说什么悄悄话，也许是关于女侍应的笑话，因为短裙从她的青绿色制服里露出来了。

不，他们接吻了。不是朋友或老情人之间轻轻地贴一下脸，而是长时间的深吻，舌头伸到对方嘴里的那种。已经吻过几十次但没有上千次的恋人之间的吻。

我真不敢相信自己的眼睛。

也不知道为什么，我绝不相信吉内特会成为我父亲之外的人的情妇，尽管我曾跟她睡过一次。然而，随着岁月的流逝和富裕程度的增加，她变得越来越漂亮了。她已经不是索莱尔中心医院里又矮又瘦的送餐女人，而是一个眼看就要成为议员的商人前景美好的太太。她可以付钱找情人享受，她好像离不开情人。

我是否应该告诉父亲，对他说："我们讲和吧，你的女人在给你戴绿帽子？"或在《索拉西报》上加一条小小的花边新闻：一个著名的电台主持人和一个汽车经销商、选举候选人的妻子风流约会？我在报纸的第四版有个闲话专栏，有时会在上面登些笑话，署以假名"他人之子"——这个人可以是任何人，尽管大家都知道那是我父亲的儿子。大部分时间里，上面登的全都是捕风捉影的传闻，但清白得不会让报纸被人告。我定了一个原则，就是报纸或记者有可能被人告的内容全都放在头版——这样，最小的传闻也会成为一件大事。但至少五年来没有人起诉过我，甚至也没有人威胁说要起诉我。

但我什么都没做。让我父亲和他的女人及其选举见鬼去吧！

***

玛丽-约塞特离开我了。好像是动真格的。

一切开始于昨晚。我们很慢很慢地做爱，我进入她已经几分钟了，很愉快。不完全是享受，但很有味道。我尽量慢慢地来，不去想任何兴奋的东西。玛丽-约塞特可爱地呻吟着，那种嗷嗷声应该不会刺激我。突然，我的大脑不知着了什么魔，这种叫床声让我想起了奶奶在病床上的呻吟。我要玛丽-约塞特闭嘴，她服从了，尽量——我想我也一样——冷静地享受。但已为时太晚，我睁开眼睛，想只看到躺在我身下的玛丽-约塞特，但做不到。黑暗之中，我看见我还在那里，在奶奶的床上，把伞尖插进了她的喉咙。我想吐。我努力驱赶这些念头，对着玛丽-约塞特笑。我尽量不看别的，只看她，把思想集中在我插进一个女人身体里面的东西……就像那是一个伞尖。

我无法再继续下去，我离开了她的身体，仰面躺着。我的胃终于平静了下来，我睡着了。

玛丽-约塞特什么都没说。

　　到了第二天早上吃早饭的时候她才缓过神来。她试着烤面包片，但多士炉却弹出面包片，拒烤。我来不及告诉她要插上电源，因为前一天晚上我清理炉子时拔掉了电源。她突然甩给我这么一句：

　　"我要走。"

　　"去哪儿？"

　　"别的地方。"

　　"随你的便。"

　　我做好了最坏的打算：她会打我一巴掌，用最恶毒的话骂我，拿起一把刀子来砍我。但我怎么说才能制止她离开呢？跟她做爱怎么就想到了垂死的奶奶？如果继续下去，我会不会吐她一身？我最好还是不要说话吧！

　　"你是我所认识的最坏的蔑视女人的男人。"她使劲按着多士炉的按钮，接着说，"你这辈子从来就没有爱过女人。没爱过你母亲，也没爱过我，甚至没爱过玛侬。"

　　除了玛侬，也许她说的都对。我爱玛丽-约塞特，但并不像我想爱的那样；我爱我母亲，但并不像我应该爱她的那样。也许是因为我的青春期是在教养所里与小伙子和兄弟们一起度过的，所以才对女人有疏离感，不知怎么与她们相处？我坚持一言不发。

　　"我就不说你奶奶了，"玛丽-约塞特接着说，"我已经无法说了。我知道你年轻的时候有问题，可我觉得，到了你现在这个年纪，你应该把它都忘了，不是吗？"

她说得完全有道理，我巴不得这样呢！但这样做并不那么容易。

关于那件往事，我从来没有跟她多说过什么。她应该跟我母亲谈过，母亲一定跟她重复了官方的版本，并尽量简化。我再次没话找话，但我能找到的为自己辩解的理由，就是昨晚做爱的时候，我把玛丽–约塞特和我奶奶混淆在了一起，把我的性器官与雨伞混淆在了一起。我绝望地保持沉默。

"我以后会回来取我的东西的。"玛丽–约塞特补充了一句。

她放弃了使用多士炉，朝我们的房间走去——从此以后，那将是我自己的房间。

我给多士炉接通了电源，如果两片面包没有烤好，它不会再把它们弹出来。

不一会儿，玛侬来到了厨房。我把两片面包放在一个碟子里，端到她桌前。

"有什么新闻？"

"什么都没有。"

确实，几个小时以后，我发现生活中什么都没改变。我白白地拥有一栋属于自己的房子，门前有一辆凯迪拉克，我一直没有与生活清算完毕。我是这个世界上最糟糕的仇视女人的人，这并不是不可能。

我能有什么办法吗？

爷爷的房子

第十九章

现在，我成了议员的儿子。不过，我没有任何可能成为部长的儿子，因为父亲的政党已经一败涂地。

晚上9点，"巴齐内为了黎塞留"选举委员会在巴齐内的展览大厅举行。为了开会，展销的汽车全被搬走了。父亲的选举还没有最后确认，但已经完全可以肯定了。他所在的党失败已成定局。加拿大广播电台以它惯常的让人难以忍受的悲哀腔调宣布了这个消息，所以大家都显得郁郁寡欢。我想，支持父亲的大多数组织者都后悔没有把才能和精力放在竞争对手身上。他们从政是因为渴望权力。几乎可以确定，如果我父亲是执政党失败的候选人而不是少数党当选的议员，他们会更加高兴。

我用目光寻找吉内特。她不在。父亲知道了什么？或许有人告诉他吉内特跟她的"电台牛仔"同居了？对巴齐内家的男人来说，这个星期显然非常倒霉。昨天，玛丽－约塞特让她的两个兄弟来我家取走了属于她的所有东西，我主动归还了我们收到的结婚礼物，不管是送给我的还是送给她的，不管是多士炉还是墨西哥花瓶。

就在这时，父亲出现了，与我擦肩而过。他没有及时看到我，我也同样，我们刚好来了个面对面，根本无法回避。

"祝贺！"我向他伸出手去。

"谢谢。"

我们的手只碰了一下，我们并没有打算和解。

"吉内特没来？"

我觉得如果我不表现出惊讶的样子，父亲会以为我已经知道了什么。

"没来。"他说话的口气好像想告诉我不要多管闲事。

视频俱乐部频道的老板走到我父亲身边，在他背上狠狠地拍了一下。父亲转过身，对他苦笑着。当然，他完全有理由不高兴。他的政党失败了，吉内特不在场，永远不会来了。他和我不可能再握手言和了。他作为议员的新生活将迫使他在未来的四年中忍受别人在他背上拍打上千次。

"一个伟大的胜利。"有人在我耳边说。

是克莱芒·克莱芒。

"你好吗？"我问他。

"我在找工作。"

我皱起了眉头。

"您父亲把我辞退了。前天，我好像无意中介入了他

253

的私事。"

克莱芒这辈子做的就是管别人的闲事，介入我父亲、我和我们家中其他人的私事。这次，他又干了什么呢？

"吉内特。"他悄悄地说。

他每次都想跟我长谈，我也每次都忍着不问他更多的事。但我很快就后悔了，因为我不知道他说的是吉内特跟西古安的艳事，还是我奶奶去世时她在中心医院工作的事。

"您去看焰火吗？"他问。

我不知道父亲还组织了焰火晚会。

"这是送给他的选民的。"克莱芒补充说，他说话的口气中完全没有讽刺的成分，"这是贝蒂埃的候选人生产的焰火。第一批选举结果出来时，您父亲买了它。据说不是太贵。"

大厅里响起了欢呼声，新总理刚刚出现在电视上。父亲关掉电视，走到麦克风前，要大家安静下来。

我没有听他说话，而是试图拨开人群，离开现场，但欢腾的人群拥来拥去又把我推了回来。我没听到父亲在说什么，但我想大家都应邀参加了一个庆典——也许就是克莱芒所说的焰火晚会。

门口，一排凯迪拉克开过来，我几乎是被人强行推进前面的一辆车中，一辆"城市伯爵杯"。我没有怎么反抗，我挺喜欢焰火的。

"我能上来吗？"

是克莱芒·克莱芒，他没等我回答就跟着我上了车。

"你好，诺尔芒先生。"

开车的是维利·洛尔蒂。他总是叫我"诺尔芒先生"，因为我是老板的儿子，但他老是用"你"来称呼我，因为我跟他的年龄差不多。

"一直在上班？"

"是的，诺尔芒先生。我当技师已经很长时间了，我很高兴你找到了不脏手的工作。"

我想起了技师甚至是学徒所干的活，肮脏、马达与工具吵死人、泄漏的汽油。可我突然想重新从事这一工作，脱离我现在的职业，它虽然安静，却并不能让我的双手更加干净。

克莱芒什么都没说，维利·洛尔蒂也没跟他说话，我想他们应该不那么投机。

车队开始往前移动，我们走的是玛丽-维克多林大道，经过黎塞留河上的旧桥，然后左拐，来到轮渡码头。"卡特琳娜-勒加德"号已经等在那里。另一艘船"吕西安·L"号从初秋到春末都不开，"勒加德"成了索莱尔和圣伊尼亚斯之间唯一的轮渡。像往常一样，轮渡的工作人员让凯迪拉克车头朝着对岸。

我下了车，来到栏杆边，凭栏远眺。3月末，天已经不那么冷，只是风还有点儿大。凯迪拉克的司机们——

我认出其中有不少是父亲公司的职员，销售员或是技术员——让汽车的马达空转着，缭绕的烟雾在散去之前变成细细的白雾，弥漫在我们四周。

船员们收起跳板，解开缆绳，"卡特琳娜-勒加德"号离开了码头，雾笛长鸣，好像在向索莱尔和附近居民宣布，巴齐内家族的一员如今成了黎塞留地区的议员。

有人来到我身边，靠着栏杆，我没有扭头看她，但听出了是玛侬的脚步声。我后悔没有想到她应该喜欢看焰火，但父亲却想到了。我想是他派车去家里或其他地方把她接来的——我不知道她今晚在哪里。

"你能来我很高兴。"玛侬说。

我什么都没说。她希望我跟父亲讲和，她可能以为我们已经讲和了。我很愿意，但玛丽-约塞特说得对，我不善于表达自己的感情。我问自己，这是因为我没有感情还是我想把它隐藏起来，我首先……

"卡特琳娜-勒加德"号尖叫一声，停了下来。表演开始了。

我们离劳伦斯河对岸很近——或者说，就在圣伊尼亚斯岛旁边，岛上有桥与贝蒂埃城连接。

花炮在我们头顶炸开，规模并不算大，因为这种庆典肯定不属于竞选开支的范畴，但从这么近的地方看焰火，还是很震撼的。玛侬在我身边不断惊叫："哇！""啊！"一时让我想起了玛丽-约塞特。我迫使自己回忆刚当记者时，在索莱尔看国庆焰火的情景。我曾跑去采访焰火制造者，发现他们的语言跟焰火一样丰富多彩。可我全都忘光了，很难再分辨出在我们头顶开花的是彩色炸弹、凤尾蜡烛还是西班牙喷泉。

我用目光寻找父亲，但看不见他。他也许待在车里，也许在船舱里，也许在驾驶室里。

一阵长时间的鞭炮声让我以为表演结束了，可还有其他演出。我对这类虚荣的表演开始感到厌倦。玛侬没有说话，我敢打赌她也在用手捂着嘴打哈欠。

噼噼啪啪到了最后一个节目，这是压轴戏。表演真的结束了。

"我能跟你回去吗？"

"当然。"我们跟克莱芒上了"城市伯爵杯"，他显然已跟维利·洛尔蒂和好，因为我们中断了关于加拿大人在斯坦利杯比赛中获胜可能性的谈论。

"卡特琳娜–勒加德"号回到了索莱尔的码头，许多汽车在那里等待过河，庆典结束了。我敢打赌，父亲会为他们的延误做出赔偿，哪怕是拥有日本汽车的人。

凯迪拉克倒退着，一辆辆离开了渡船。我们的车队又开始移动，我相信看到了父亲的黑色轿车在车队最前面。我敢打赌是他自己开的车，他最不喜欢别人替他开车了。

到了奥古斯塔路，他的车子左转了，后面的车子乱了一阵。我们排在第七。有辆车子也跟着左拐，接下去的四辆则往右拐。

"我们去哪儿？"玛侬问。

"不知道。"

"好像是送大家回家，"维利·洛尔蒂对我们说，"明天早上再去接大家，根据每个人的时间，把大家送到各自汽车停放的地方。但如果有人不愿意，我们现在就可以送他去那里。"

"跟着他。"克莱芒命令道。

"我们去哪儿？"玛侬又问。

"不知道。"

我转过身，在座位上伸长脑袋。只有一辆凯迪拉克跟着我们。

只有我们四辆车穿过沉睡的索莱尔。父亲的黑色大轿车打头，非周末的这个点，路上的车不多。

到了圣安娜路，他打了左转灯，好像是让其他车跟着他，但我们前面那辆车一直往前开去。

"我们跟上去吗？"维利·洛尔蒂又问。

"跟。"

这次回答的是我。我看看后面。最后一辆车也跟着我们，但时间不长。到了圣安娜-索莱尔，它往右转了，肯定是送住在那里的居民回家，而父亲则在僧侣路左拐了。

＊＊＊

　　我们前面的那辆大轿车严格遵守限速规定。当一辆反方向的车子开过来时，我认出了父亲开车的身影——他刚好高出座椅一个脑袋。

　　我们沿着河道继续前行，经过幽灵岛，穿过河道上的小桥，一直来到路的尽头，那里有一片白葡萄酒烩肉饭店。在这个季节的这个时候，饭店早已关门。

　　领头的凯迪拉克停了下来，我们的车也跟着停下来。父亲下了车，玛侬向他走去，我跟着她。克莱芒也下了车，但站在后面，维利·洛尔蒂则没有离开他的方向盘。

　　我感到很不自在。是否应该跟父亲握握手，祝贺他？我记得我已经祝贺过他。父亲好像没有看到我一样。

　　"看见那座小屋了吗？"他指着一座白色的小房子问玛侬。

　　"看见了。"

　　"我父亲就出生在那里。他一直留着这房子，直到去世。我们有时到这里来避暑，但我母亲不来，只有孩子们和我父亲。那时这里没有电，只有一个烧柴的炉灶……"

　　我开始打哈欠了。老人家总喜欢讲他们过去痛苦的生活，希望能博得我们的同情，没有比这更让我厌烦的了。他们现在跟大家一样有了热水泵，有微波炉，有带空调的汽车，轮胎不会每10分钟就瘪一次。

"如果你愿意，我可以挂一块牌：'黎塞留议员的父亲诞生于此寒舍'。"

父亲没有理会我的嘲讽，他凝视着房子，然后转过身，朝自己的汽车走去。

"我能跟你一起回去吗？"玛侬问。

"不行，我还有事情要做。你们先走，我跟着你们。"

我们上了车，坐在维利·洛尔蒂后面。

***

"他不再跟在我们后面了。"我们的司机朝后视镜扫了一眼，说。

他放慢车速：

"等他吗？"

"不等。"

但他还是慢了下来，最后完全停住车子，伸长脖子，从副驾驶座一侧的车窗察看后面。玛侬也在黑暗中瞪大眼睛。坐在我左边的克莱芒干脆站起来，想越过椅背看得更清楚。我坐在长条椅的中间，笔直看着前方，但最后还是像大家一样，扭过头朝后面看去，相信很快就会看到一束车灯光出现。

"你们看那边！"

克莱芒看见了什么东西。我们右边的冰块上有一团黑色的东西在前行，没有开车灯。

"是他。"

我还没发出命令，维利·洛尔蒂就已经在一个车库前掉了头。我们盯着左边低矮的雪堆，寻找道路。

"他想干什么？"玛侬问。

"他可能有鱼竿，想钓鱼。"

我想开玩笑，但没有成功，其他人都没有笑。

"他是从这里经过的。"

维利·洛尔蒂把车停在雪堆的一个开口前。那里有车轮的印痕，朝下面结冰的河面延伸而去。结冰的河道上已几乎没有雪。最近下过雨。大部分雪都融化了，剩下的又结冻了。隆冬季节，雪太厚，汽车无法通行，渔夫只能乘坐雪上摩托前往他们的木屋。但现在是冬末，汽车可以在上面行驶，首先越过僧侣河道，那是圣劳伦斯河的一条支流，在这个地方可能有50米宽。接着，车子穿过又狭又矮的僧侣岛，前往另一条更宽的河道，但我叫不出它的名字来。木屋就在那里。远处还有一座岛，然后是河流。此时，远洋货轮已经可以在上面行驶了，能看见船上的灯光在黑暗中前行。

"我们去那里吗？"维利·洛尔蒂问。

"去，但玛侬必须待在这里。"

"不。"

我没有坚持。危险不大——甚至可以说不存在，因为另一辆凯迪拉克已经在我们前面开过去了。但维利·洛尔蒂仍然开得很慢，双手紧紧地抓着方向盘，很有可能他不经常在冰上开车。

接近僧侣岛的时候，父亲打开车灯，寻找在坚硬的冰面继续前行的车轮痕迹。维利·洛尔蒂朝那个方向开去。前面的红色车尾灯熄灭了，但他很容易就找到了父亲车子的车轮印。

我们穿过了这个岛，停在另外一大片白色的雪原跟前。

"这是小船河道，"维利·洛尔蒂说，"过去就是小船岛了。"

冰雪后面，又有一个黑乎乎的空间。

我们什么都看不见，无论是左边还是右边，抑或前面，什么都没有。我很想说："如果他喜欢做这样的蠢事，让他自己做去吧，我要回去睡觉了。"但我不敢，只希望玛侬或克莱芒也说点儿同样的话。大家都会发现这是个好主意。

"再往前开一点儿吧！"但克莱芒却这样说。

凯迪拉克又动了起来，开下河道，然后又停了下来。

"右边有车印。"

可能是沿着河边开的其他汽车或雪地摩托留下的，但维利·洛尔蒂跟了上去。我们来到了两座木屋之间。

"我们会被困住的。"我说。

我希望其他人也会感到害怕，可是没有，我们继续前进，头往前探，想在黑暗中看得更清楚一些。

"这是通往哪里的？"

"通往河里。"克莱芒说。

"小心！"

维利·洛尔蒂刹住了车。冰面上有一个大窟窿。是冰块融化造成的，还是汽车经过造成的？很难说。

车灯把前面照亮了。还有几十米长结冰的河面，上面有好像轮胎印痕似的东西，然后是一个黑洞，接着又是冰冻的河面。远处，闪烁着远洋轮船的灯光。

"如果他喜欢这样……"

克莱芒在座位上直起身子，打断了我的话：

"在那儿！"

我朝他所指的方向看去，但什么都看不到。

"打开后备箱。"他命令维利·洛尔蒂。

后备箱打开了，克莱芒下车取来千斤顶的手柄。他想干什么？玛侬下了车，我跟着她。

克莱芒在车灯的照亮下，往前走去。

"你们看！"

我眯起眼睛，想看得更清楚，但还是什么都看不见。

263

克莱芒蹲了下来，我也学他的样，我真的什么都看不见，或者说，使劲看了之后，发现好像有个黑色的物体在轮船的倒影中闪现，灯光在河流上波动。是，很可能是一辆几乎完全被淹没的凯迪拉克的车顶。

"你们会游泳吗？"克莱芒问。

"不太会。"

"我游得很好。"玛侬自告奋勇。

她真讨厌，我可一点儿都不想潜入冰冷的河水去救我父亲。首先，谁都不能完全肯定那是他的汽车。我不知道他是否还活着。如果他还活着，我怎么才能把一个显然不想从那里出来的人拉上来？如果他想上来，他就不会去那里溜达了。而且，我并不是英雄。即使我是英雄，父亲也是这世界上我最后一个才会救的人。我设法打消玛侬去那里的念头，最后找到了一个办法：

"我去。"

克莱芒把手柄递给了我。

"最好是敲碎旁边的车窗，车门很可能从里面锁上了，而电动控制系统在水下会失去作用。"

我迈着小步，在冰上往前走，走了二十来步，靠近因车辆太重而破碎的冰层时，我犹豫了一会儿，不能再往前走了。我转过身，还没等我迈步，脚底下咔嚓一声，我掉进了水里，水淹到了裤裆，冷得不得了，我很想逃。

"快！"玛侬向我走了一步，大声喊道。

"别动，待在那里。"

我转过身，在水里朝那团黑乎乎的东西走去。河底都是淤泥。我陷得更深了，直到胸部，膝盖撞到了车子后侧的挡泥板。

"啊！"

"快！"玛侬又大喊一声。

车顶只浮出几厘米，好像会继续下沉。现在，我的下巴以下全都泡在了冰水里。我来到了前窗，举起手柄，使劲地砸，但只溅起一点儿水花。车窗玻璃丝毫未损，我太矮小了。

"用力！"玛侬和克莱芒一起大喊。

我倒很想让他们来试试。我用双手抓起手柄，举得高高的，使劲砸下去。玻璃破了，破了一点点。一个几乎可以忽略的小洞。又砸了几下，我终于把洞弄大了一点儿，手可以伸进去抓门把了。车门开了。

父亲倒在我的怀里，他从来不绑安全带，这次，我觉得这倒是好事。我放下手柄，想让他的头浮出水面，但没能做到。他太重了，我的双臂也累了，沉重得抬不起来。算了，让他死吧，反正这是他自愿的。

克莱芒跳进水里，帮助我好歹把父亲朝坚硬的冰面拉。我们把他扶了起来——克莱芒推得最用力，然后爬到冰面上拖。他向我伸出手，把我从冰冷的水中拉出。

我无法往前再迈一步，跌倒在冰面，吐了一些还算干净的水，不知是什么时候呛进去的。但我没有呕吐，这让我感到比拖出父亲更自豪。

玛侬趴在爷爷身上，给他进行人工呼吸。我想对她说算了，没有用的，他肯定已经死了，不死也已经成为植物人。我冷得牙齿喀喀作响。维利·洛尔蒂也过来了，扶我站稳，把我拉到车里，推到前面的座椅上。

我想，如果父亲看到我浑身湿淋淋地坐在他的样板车上，他会像骂一个忘了系领带的职员一样骂我。

***

我是否失去了意识？也许。总之，我什么都不记得了。

车子行驶在圣安娜路上。空调把暖风吹在我的上身和脚上，让我感到了湿而不是冷。我在座位上抬起身子，转过头。父亲躺在后排座位上，一边是玛侬，另一边是克莱芒。他脸色苍白，完全像是死了。尽管我没有问，但克莱芒这个前警察还是回答我：

"他在呼吸。"

＊＊＊

"我想死。"父亲声音微弱地说。

我抬起头看着女护士，她没有发脾气。确实，她站得有点儿远，在担架的另一头。我不相信她听懂了，除非她已经听过几百遍老人们说他们不想活了。这种话对她已经没有影响。我等着，弯腰看着父亲，然后又抬起头看着她。她意识到自己太过分了，或者，她还有别的事情要做，于是走开了。

我重新向父亲弯下腰去，问：

"为什么？"

他很长时间没有说话，我想他是在数有多少个理由让他不想再活下去。一个让他戴绿帽子的女人，无疑已经离开了他——可能还借口说她不想成为反对派议员的老婆；他的发妻死了，长子也死了，另一个儿子不爱他，至少是爱得不够，老是跟他吵架。我准备反驳他的回答。不，我不应该谈论他在生意方面的成功或是选举的胜利，对他来说这些都不够重要，否则他就不会躺在索莱尔中心医院急诊室的这副担架上了。我想跟他谈谈爱他的玛侬，然后……

是的，他很脆弱、虚弱，在生着病，也许奄奄一息。那我撒个谎又能怎么样？里面可能有真实的成分。只要他对我说他为什么如此绝望，我就对他说我爱他。如果他迟迟不说，也许我会先开口。

"因为我不知道。"他嗫嚅道。

我没想到他会这样说。他试图自杀是因为自己不知道。他不知道什么？

"你母亲确信我母亲什么都不会留给我。"

天哪，我们说的不是同一回事。父亲回答的并不是我现在问他的问题，而是在回答我多年来问自己的问题——他知道我在问自己这个问题。奶奶为什么被杀？总之，他确信是我母亲杀死了她。或者，他认为是他告诉了我，因为我从来没有跟他说过母亲留下的那封信。

"我早就知道了。"

他眯着眼睛看着我。不，他看着我旁边，好像没看见我，或者说，他不想看见我。

"我不知道你当时在厕所里。"

我糊涂了。大家都知道是我在厕所里呕吐。这是怎么回事……

我突然明白了他的意思：他来到313号病房时，不知道我也在那里。他以为是别人，也许是爱德蒙叔叔，或那对双胞胎姐妹。总之，他告诉我，当时在病房里的是他，而不是我母亲。

"我早就知道。"

我一再重复说我早就知道一切，其实我什么都不知道。现在，我希望他闭嘴。对什么都不百分之百地肯定，这样我才有可能继续生活下去。我讨厌这个，讨厌那个，然后又是另一个。我哥哥、我母亲、我叔叔、我父亲，但这种不确定性能帮助我在生活让我无法忍受的时候忍受它。

"我本想用枕头捂死她的。"他又说。

现在，我想象着当时的情景。他去拿枕头，却听到厕所里有声音，所以要速战速决，于是他便抓起了雨伞。

"你有雨伞吗？"

他的这个问题让我笑了，或者是做了个鬼脸。其实，如果我手里有雨伞，我可能也会用的。

"没有。天并没有下雨，而且对我来说，雨伞……"

"枕头也一样。"

他扭过头，不是为了逃避我的目光，而是让我更方便地从他脑袋底下拿枕头。

我服从了，双手拿着枕头，放在他的头部上方，然后压了下去，稍微按了一下。一秒钟后，我想我将在监狱中度过余生。我拿开了枕头。

"不会有危险的。"父亲说。

是的，他说得对。谁敢因为我杀了让我代他坐了七年牢的杀人犯父亲而判我入狱呢？

我把枕头放回他脸上，但要压下去，我做不到，于是我又把它拿开。

　　我第一次看见父亲的眼泪流在了脸上。不，这不是第一次，他送我凯迪拉克时也哭了，但那是高兴之类的眼泪，而现在是耻辱的眼泪。可我并不敢肯定，因为我没有看见谁因耻辱而哭过。因耻辱而脸红，我见过；脸色发白，我也见过；但是哭泣……在人类历史中，没有人会因犯罪之耻而哭泣。罪恶滔天的罪犯哭泣是怕自己也会被杀，或担心自己失去钱财，或因绝望地想到将在狱中度过漫长岁月。他们的母亲因耻辱而流泪，他们的父亲可能也同样，但阿提拉、希特勒或我父亲，他们会因耻辱而哭泣吗？不会的。

　　可父亲当着我的面哭了。

　　我不知道该怎么办。我希望自己能像他一样哭出来，但我的眼睛里一滴眼泪都流不出来。我想找句安慰的话——也许是道歉的话，可我开不了口。

　　但我握住了一个正在死去的老人让人感到安慰的冰冷的手。

　　"我知道你没别的办法。"

　　父亲看了我一眼，眼泪止住了。我敢发誓，他的眼睛里露出了痛苦而感激的笑容。

　　而我却后悔没有杀死他，没有把他抛弃在那里，让他像一只狗一样死去。我像个大笨蛋，把枕头放回他的后脑勺下面。我将待在他的床头，该多久就多久。

第二十章

父亲的鲜花

"以前开马力布现在开奥斯汀的那个小个子男人，你知道是谁吗？"

每当我不想见克莱芒的时候，他都会出现在我面前。他是否向我请求过要跟我们坐在第一辆大轿车里，紧跟着后面跟着八辆装满鲜花的凯迪拉克的灵柩？我过去为之自豪的记忆力现在可能已经开始衰退，因为我记不起来了。也许是玛侬邀请他的。

他一直跟我们待在一起。总之，他好像成了我们家庭中的一员，而这个家庭现在只剩下我和玛侬。

现在，只有一个问题我没弄明白。车身上的人像是谁画的？我根本不知道谁会去画那些东西。

父亲去世三天之后，我又想起了另一件事。

我花了很多时间来重建现场，虽然他现在已经入土为安。每当我试着收集我所知道的一切，我都会找到或想象出新的碎片。于是我从零开始，从这个故事的开头开始。当我的故事不够完整，不做添加或修改就无法继续下去的时候，我便重新开始。

在我看来，谋杀我奶奶是巴齐内夫妇的计谋，要不就是塞尔日想出来的。但我敢打赌母亲的嫌疑更大，她确信婆婆不会给长子留一分钱——长子跟她丈夫关系太近，又娶了一个她看不起的女人。我父亲也许知道我爷爷的遗嘱——如果他先死，所有的财产都留给他妻子；如果他在她之后死，财产则由他的孩子们均分。他确信如果我奶奶不先死，他什么都继承不到。在60年代初，对青春汽车市场的一个销售员，一个有两个孩子的父亲来说，七八千加元是一笔不小的财富了。

所以，那个星期天，当他们得知我奶奶快要死的时候，他们都很高兴。但当索莱尔中心医院打电话通知他们，我爷爷也奄奄一息时，他们便着手实行这个计划，因为我奶奶必须先走一步。

于是我父亲跟塞尔日分两辆车去了索莱尔，他们把其中一辆车停在中心医院旁边的什么地方，然后把雪佛兰停在医院的停车场，上楼到了我爷爷的病房，故意让大家都看到他们。接着，父亲开另一辆车去了蒙特利尔，吉内特则信誓旦旦地说他一直都在那儿。我母亲知道他们的关系吗？我永远也不可能知道，除非问吉内特。她坐在我们后面的那辆车里，用一束紫罗兰遮住自己，不让别人看到她没有哭，或者哭了，假如她觉得我父亲是由于被她抛弃才死的。我没有跟她说清楚，因为至少有一点这方面的原因。

在蒙特利尔中心医院，父亲藏在楼梯间，观察着我奶奶病房的房门。他们应该是商量好的，我母亲要让所有的人都离开病房。我呕吐的时候，她觉得他应该不会行动，因为我没有跟大家一起出去。但他没看见我还留在里面，或者是他稍后扫了一眼病房，确信除了老太太以外没有其他人了，于是他便戴上手套走了进去，拿起枕头。就在这时，他听见厕所里有声音。他本来是可以逃走的，但他选择用椅背顶住厕所的门把手。他怕用枕头窒息我奶奶所花费的时间太长，这时刚好看见了雨伞，便拿了一把，向我奶奶的脑袋打去。后来，他怕她没有死，苏醒过来，于是就把伞尖插进她的喉咙。逃走之前，他搬开了椅子，或者是椅子没有放好，当我想从厕所里出来的时候，它自己滑到了一边。

他回到了索莱尔，又在医院里的人面前晃来晃去，然后分乘两辆车，和塞尔日回到了蒙特利尔，或者是同坐一辆车，他后来才回去开另一辆车。也有可能他在索莱尔把车扔到河里去了，但究竟是不是这样并不重要。

我想，无论是他还是我母亲，甚至是塞尔日，谁都不会想到我会被判有罪，因为他们的谋杀完全是徒劳的。他们也跟我一样，直到最后一刻都认为我不会被定罪。总之，我很乐意这样认为。

当我被判有罪时，他们三个人一定在想，如果我父亲承认有罪，塞尔日和我母亲也将作为同谋而被判坐牢。

那样，全家就会失去父亲刚刚得到的财富，因为父亲不能从他的受害者那里继承遗产。我发誓，他们都认为最好还是我在教养所里待几年，因为出来的时候，我会在一家很好的公司里有一份稳定的工作，将来也许还会继承这家公司。相反，如果几乎全家人都进了监狱，我将一个人独自生活，没有钱，也没有前途。他们最后认为，把我送进教养所而不是扔给爱德蒙叔叔或那对孪生姑姑照看，那是为了我好。而且，在60年代，对青春汽车市场的一个销售员，一个有两个孩子的父亲来说，20万加元是一笔大财富。

生活在继续，不管是好是坏。父亲和我哥哥以各自的方式得到了饶恕，却丝毫没有忏悔。一个给了我一辆车，坐在车子里，我会感到自己更加高大；另一个精心挑选了一辆车，带我去兜风，让我感到自己并不那么矮小。

他们两人对我任性的行为也睁一只眼闭一只眼，原谅了我所做的许多蠢事，包括跟吉内特、尼科尔等人的事。

母亲呢，她认为自己做得更好：她自杀之前给我寄了一封信，在信中让我相信只有她才是罪人。是因为她再也受不了我怀疑每个人，还是因为她以为我快要发现父亲的真相，抑或她不想再过这种充满谎言和秘密的生活？

父亲抵抗了很久，在作为一种殊荣献给自己一场焰火晚会后——他从来没有这样当之无愧过——他也自杀了。他想死是因为吉内特欺骗他？是因为我对他有敌意？或者是他终于良心发现，最后不得不结束自己的生命？我想，这些原因都有吧！由于玛侬和克莱芒坚持要我救他，他可能不想那么快走的，但肺炎，也许还有要离开的欲望，最后还是夺走了他的生命。

像他们一样，塞尔日也自杀了，为了应急。一半是故意的，一半是这件事也让他无法继续生活下去了。他为什么要拖上尼科尔？因为他不想把她留给别人——尤其是这个别人很可能是我。不过，也可能那确实是一场意外事故。

好了，我现在差不多什么都知道了，除了不知道是谁坚持不懈地要在我的车子上画人像。

"那会是谁呢？"

"是我。"克莱芒承认，"您在赛车中发生事故之后，看到你仍然每天都代人受罪，我想，罪案最后一定会真相大白的。"

我没有什么反应，只是在想，正常家庭的成员们参与谋杀我奶奶之后，看到我代替他们坐了七年牢之后仍然没有摘下罪犯的帽子，他们是会受不了的。

应该说，在我家里，饶恕的门槛是非常高的。

第二十一章　小女孩的行李

"慢慢来。"

玛侬装好了她的行李箱。我要把第七箱书搬到车上，车里已经装满了她的东西——电视机、唱片、立体声组合音响等。

克莱芒也在。他一直住在附近，住在孔特尔格和特拉西界内。他开了他的旧都灵来，怕凯迪拉克空间不够。我重新雇他为巴齐内-雪佛兰-奥兹莫比尔-凯迪拉克公司的保安队队长。我知道这是世界上最没用的警察，至少，在我这里干活我可以把他看住，不让他再到别处制造冤案。

玛丽-约塞特也在。我聘她为总经理——她在她父亲的公司里就担任这个职务。我父亲去世一星期后，她父亲的公司就破产了，但可惜我父亲没有机会知道一家日本企业关门了。她并不是回来跟我们一起生活的，起码目前还没有。现在，玛侬上大学去了，我想请她回来，不仅仅是因为家里将缺少一个女性，我老的时候需要一个人来照顾我。我主要是想，既然这件事已经过去，我在跟她做爱的时候应该不会再把我的小鸡鸡当作伞尖。

　　吉内特没有来向玛侬告别。

　　父亲没有留下遗嘱，也许他比任何人都知道遗嘱会带来什么危险。正如法律所规定的那样，吉内特继承了他三分之一的遗产，其余归我。特拉西的经济情况一直不好，无法把雪佛兰–奥兹莫比尔–凯迪拉克公司卖个好价钱，所以我被迫重新经营。我借了所有能借的钱，支付了吉内特所继承的那部分遗产。我曾想把加马什给我的10万加元塞到里面。那笔钱我一直留着，藏在木地板下面，本来是可以减轻公司的流动资金问题的，但这笔钱一直用不了，否则他们早就设法取回去了。

　　如果没有玛侬，我才不在乎会不会被逮捕。我起码要坚持到她大学毕业。在这之后，如果她不再需要我，那就没有什么重要的了。那时，我会有我父亲、母亲和哥哥那样的勇气吗？

　　我深表怀疑。想起暴力，我总是会吐。到了该死的时候，我希望是病死——最好像意外事故那样迅速。我从新闻中得知，在内华达的温泉中，千万要注意不要把头泡在水里，因为阿米巴细菌可能会通过人的鼻孔进入大脑，几个小时就置人于死命。如果我要结束生命，我就去那里，好好地泡个热水澡。不管怎么说，这总比在黎塞留河或圣劳伦斯河洗冷水澡舒服。还有更妙的呢：我将带着烧好的东西，品尝着猪脚和风干的鱼伴海鲜，同时向世界和《拉鲁斯烹调手册》告别。

　　我所知道的一切，就是我再也不希望周围存在暴力。真的，现在，几乎所有的人都死了，甚至包括西蒙娜·辛克莱。昨天我打电话到蒙特利尔中心医院去找她，想下午过去看她，甚至想请她去饭店吃饭，告诉她现在一切都解决了，我要感谢她曾经对我的信任。我也许会告诉她凶手是我父亲——这是我没有对别人说过的，因为我想，那样一来，我就要归还我从杀人犯父亲那里继承来的奶奶的遗产。人们告诉我说，西蒙娜·辛克莱退休了。我一定要对方告诉我她家的电话号码。接电话的是个男人，他对我说，西蒙娜·辛克莱去世了，有人把她推下了地铁铁轨。他问我找她有什么事。我结结巴巴地说，很遗憾，她以前帮助过我，我想谢谢她。

　　痛苦和死亡没有让我害怕。但我不想再看见溺亡或流血，不管是因为雨伞还是因为扫雪车或者是其他方式。也许是出于这个原因我才把《索拉西报》以很低的价格转让给我的一个记者。我再也不想选择被害者或在事故中丧生的人的照片，因为头版没有这些东西，报纸基本上就卖不动。

　　我希望玛侬能待在这里，但这样的话，即使开车，她每天在路上也要花两个多小时。

　　于是，她在大学旁边找了个小套间，远离了总是围绕着我的暴力。她被两个系录取，我劝她不要学法律。我只会建议我最大的敌人以此谋生，天天跟罪犯、警察、法官和律师打交道。

"我马上来。"

玛侬递给我两箱衣服，我给它们在后排位置上找了个角落。她拥抱了玛丽-约塞特，又跟克莱芒握了握手，然后上车，坐在前排我的旁边。

***

1989年8月的这个美好日子，我们沿着河边往前开。孔特尔格、维尔歇尔、瓦莱纳、布歇维尔……一些半是农村的城市。房子往往都很漂亮，工厂总是很难看。

过了布歇维尔，我们便上了高速。太阳在圣劳伦斯河的流水上闪光。大家所熟悉的蒙特利尔的两大肿块——左边的摩天大楼和右边的山——越来越近。

我感觉到玛侬的生活所发生的改变将比我大。不管怎么说，她摆脱了巴齐内家族，这是她能得到的最好结果。我很想告诉她我会非常想念她，但我也跟我父亲、母亲和哥哥一样不善于表达自己的感情，甚至可能缺乏感情。我只是没话找话：

"我劝你不要学法律，你不会恨我吧？"

"不会，不会，我无所谓。"

我笑了，我好像把这种精神状态传给了她，而正是这

281

种生活态度让我战胜了烦恼，不管是大烦恼还是小烦恼。这不是冷漠，更多是与事件妥协的一种办法，不让自己受到任何暴力和灾难的影响和伤害。总之，好好活着，不被外界打搅。

玛侬意识到自己缺乏热情，为了让我高兴，她补充了一句：

"再说，我更喜欢综合理工大学。"

1994年1—7月写于黎塞留河上的圣安托万

译后记

　　《夺命伞》写作于1994年，同年在加拿大出版，并入围《蒙特利尔日报》和魁北克作家协会联合举办的"蒙特利尔日报文学奖"终选，还一度被列入电影拍摄计划；五年后被法国伽利玛出版社收入其著名的侦探小说丛书"黑色系列"。这是第二部被收入该系列的加拿大作家的作品，让加拿大人感到非常自豪，媒体也给予相当热情的关注和评价。

　　《夺命伞》当然是一部侦探小说，因为它具有侦探小说的所有因素，谋杀、侦查、追踪、推理、悬念，迷雾重重，引人入胜；但它同时又是一部社会、政治和经济小说，治安环境、商业经营、政治选举、民风民俗、新闻业和工业生产在书中都有不少反映。巴瑟罗的小说总是如此，他试图在描写小人物的小事情当中，反映时代和魁北克社会的各个方面及其发展和变化。所以，他的作品是耐读的、深刻的，有许多值得读者思考的东西。

　　这部小说讲的是一个家庭悲剧，揭露的是扭曲的亲情，背景是20世纪50年代至60年代初转型中的魁北克社会。当时，魁北克的现代化进程加快，蒙特利尔郊区呈爆炸式发展，思想的解放和妇女地位的大幅提高，也对传统的价值体系造成了冲击，某些道德观念和家庭关系遭到破坏，面对工业和经济的发展所带来的利益诱惑，有些人经受不住考验，置道德与伦理于不顾，追求肉体的刺激和物质的享受，暴露出自私贪婪的一面，甚至泯灭良知。书中的"我"就是这种社会动荡和变革的受害者。由于财产继承问题，全家人竟然勾结起来杀死了奶奶，最后为逃避惩罚，让10岁的小儿子诺尔芒背黑锅。这个表面上对什么都无所谓的矮子，从教养所里出来后，一直想弄清事情的真相，抓住陷害他的罪魁祸首和杀死奶奶的凶手。在他的不懈努力下，案件真相渐渐水落石出，然而，与此同时，亲人却一个个死去，先是哥哥，后是母亲，两人似乎都是意外身亡，但诺尔芒发现，他们可能都是自杀，而且与奶奶的死有关。是因为良心发现，还是眼看罪行就要暴露怕受惩罚？同时，他也觉得父亲对他过于宽容和慷慨，有些反常，进而怀疑父亲也是谋杀的参与者，至少是知情者。

　　但作者对这种家庭关系的描写并不脸谱化和表面化。这确实是一个糟糕的家庭，爷爷、奶奶一直不和，父母感情平淡，兄弟俩动不动就打架，叔叔、姑姑和他们的关系也相当紧张。然而，要说他们全无人性和亲情，倒也不见得。毕竟是一家人，他们对诺尔芒的受过心怀愧疚，设法弥补，只是诺尔芒并不领情，一定要把事情弄个一清二楚。他也一度想死，因为家庭环境让他感到失望，唯一给他温暖的，是侄女玛侬，是她未被污染的亲情，这也是他继续活下去的理由。

　　全书讲的是一个或多个让人伤心和悲哀的故事，然而，作者的叙述却不乏风趣，很多细节也富有喜剧性。这种冷幽默不但使讽刺更尖刻，也与作品的内容形成对比，衬托出紧张的社会氛围与家庭关系。正如加拿大女评论家伊莎贝尔·罗德里格所说："在凶手与其最后的下场之间，诺尔芒的磨难让我们发笑；在严肃的死亡和轻松的生活之间，台阶并不是很高。这就是这部小说的力量，它能把小小的快乐放大，让巨大的不幸变得平常。"

译　者
2018年11月